오늘은 감당하기 어렵고
내일은 다가올까 두렵고

오늘은 감당하기 어렵고
내일은 다가올까 두렵고

전강산 지음

서문

    나의 일상은 바빴습니다. 잠에서 깨어나 잠깐 멍하니 있다가, 일어나 미지근한 물로 목을 적시고 핸드폰을 확인합니다. 그런 다음에 운동을 하고 밥을 챙겨 먹고요, 샤워를 한 다음에 로션을 바릅니다. 그러고 나면 책과 노트북을 챙겨 카페로 향합니다. 지하철역까지 가는 동안 노래를 듣고 지하철에 타면 책을 읽습니다. 도착하면 글을 쓰거나 대학원 공부를 합니다. 어둑한 저녁이 되면 집으로 다시 돌아갑니다. 이것이 내가 나를 잃지 않기 위해 만든 루틴입니다. 그러다, 집에 가는 길에 지나치는 사람들을 보며 문득 생각합니다. 저들은 모두 각자의 일을 하고 있구나. 어딘가 필요한 곳에서 자신의 쓸모를 다하고 있구나. 그렇다면 나는 어디에 어떤 필요가 있을까.

아니요, 사실 나는 그리 바쁘지 않았습니다. 오랫동안 주저앉아 있었습니다. 반짝반짝 빛나는 사람들에 비해 나는 너무 초라해 보였습니다. 그들처럼 아름다운 삶을 보내지 못하고 무의미한 날을 보내는 날이 많았습니다. 그래서 외로웠습니다. 내가 가는 길에 나 혼자라고 생각해서 몇 걸음 걷지도 못하고 주저앉아 버리기 일쑤였습니다. 그러자 오늘이 어제 같을까 봐, 다가올 내일도 오늘 같을까 봐 두려워졌습니다. 매일 실패하고 멸망하는 삶을 사는 거 아닐까 싶어 슬퍼지기도 했습니다.

그래서 글을 썼습니다. 실수하며 살아온 나의 시간을 스스로 위로하고 싶어서였습니다. 오늘을 감당하려고, 다가올 내일을 덜 두려워하려고 썼습니다.

조금씩 내 글에 감상을 남겨 주는 이들이 생겨났습니다. 글을 써줘서 고맙다고, 당신의 글이 위로가 된다는 감상을 받았습니다. 나의 실수들과 고통들을 엮어 놓은 글을 보고, 고맙다니. 낯설었지만, 그 감상이 며칠 동안 내 안에 맴돌며 내게 말을 걸었습니다.

그제서야 다른 길에 서 있는 타인들이 보였습니다. 돌부리에 걸려 넘어지면 주저앉아 잠시 쉬는 이들이. 멈추지 않고 걷는 이들이. 험한 길임을 알면서도 씩씩하게 걸어가는 이들이. 그러니, 완벽하지 않아도 된다는 확신이 들었습니다. 이것만은 또 확신합니다. 남의 고통과 불행으로 위안 받는 건, 결코 무례함이나 비겁함이 아닙니다. 오히려 또 다른 동료를 만나는 것입니다.

그렇기에 나는 내 이야기가 쓰인 이 책이 누군가에게 위안이 되기를 바랍니다. 그리고 내가 누군가의 동료가 되기를 바랍니다.

나는 이제 바쁘지 않으려고 합니다. 여전히 오늘이 감당하기 힘들 때가 있고, 다가오는 내일이 두려울 때가 있습니다만, 그래도 씩씩하게 가려고 합니다.

여전히 내가 속해 있는 시절은 어렵고 고된 시절일지 모르겠습니다. 실수들을 또 반복하고 있는지도 모르겠습니다. 하지만 나와 비슷한 시절을 견디는 이들이 있기에 좋습니다. 오늘은 어렵고 내일은 두렵지만, 그래도 우린 머물러 있지 않을 거니까.

그런 독자들께 이 책이, 두렵고 불안할 때마다 꺼내 볼 수 있는 책이 되었으면 좋겠습니다.

차례

1부

오늘을 감당하기 어려울 때

2부

내일이 다가올까 두려울 때

3부

지나간 실수에 너무 오래 머물지 말아야 할 때

오늘을 감당하기 어려울 때

그 꿈을 포기하고 며칠을 울었다

폭음은 옛말이다. 적당히 기분 좋을 만큼만, 숙취 때문에 내일이 힘들지 않을 정도로만 술 마시는 법을 터득했으니까. 음주의 적당한 선을 알게 됐다는 건, 조금씩 진해지는 내 팔자주름처럼 나이 듦을 의미하기도 했다.

"그래서, 글은 잘 쓰고 있니?"

술자리가 조용해졌다. 친구가 무심코 물은 말에 모두가 입을 닫았고 내 눈치를 봤다. 어쩜 타이밍도 그럴까. 대여섯의 스무 살짜리들이 앉아 있던 옆 테이블도 마침 대화가 끊겼다. 술집 안의 모든 사람들이 내 대답을 기다리는 것처럼 느껴졌다. 그리고 난 딱히 할 말이 없어 잔을 들이켰다. 그날따라 소주잔이 차가웠던 거 같다. 잔을 손에 쥘 때마다 전해지는 냉기가 아프게 느껴졌다. 나 같은 게 무슨 글을 쓰냐고, 그만뒀다고 말했다. 영상도 연출도 글도, 그냥 이젠 안 한다고, 취미 정도면 좋을 거 같다고 애써 말했다. 난 이제 뭘 해 먹고살아야 할까, 농담을 던지며 무거운 분위기를 풀었다.

그러자 친구들이 각자 스무 살 적의 꿈들을 털어놨다. 미술을 하려고 했던 친구, 영화감독의 꿈을 키웠던 친구, 방송을 하고 싶었던 친구까지. 대학에 들어오면 할 수 있을 것 같았다고, 이 나이가 되면 뭐든 될 수 있을 것 같았다는 말들이 술집을 가득 채웠다. 하지만 미술을 하려고 했던 친구는 영업 사원이 됐다. 영화감독의 꿈을 키우던 친구는 미술관에서 일을 하고, 방송을 하고 싶었던 친구는 카페를 직장으로 삼게 됐다. 스무 살의 꿈들은 흩어지고 어느새 다른 길을 걷고 있었다.

다음 날의 오전 수업을 빠질 만큼 술을 마셔 대던 대학생 때와는 달리, 우린 다음 날의 출근을 위해 자리를 일찍 마무리했다. 자리에서 일어나며 슬펐던 건, 모두가 그 시절 꾸던 꿈을 전부 과거형으로 발음했다는 것이다. 우린 그날 남겨 놓은 잔속의 술처럼 고이지 못했다. 오히려 넘어진 술병 속에서 쏟아져 나오는 술처럼 흘러서 각자의 집으로 향했다. 비가 올 것처럼 눅눅한 밤공기에 파묻혀 가는 친구들의 뒷모습이, 어딘가 수분기 가득해 보였다.

"그래도 넌 하고 싶은 거 해."

날 위로하려던 친구의 말이 내겐 왜 그렇게 아프게 다가왔을까? 자취방으로 돌아가며 후회했다. 아, 오늘은 그냥 죽도록 마실걸. 자취방에 들어와 문을 닫을 땐 자조했다. 쉽게 흥미를 갖고 쉽게 흥미를 잃는 나는 딱 그 정도인 사람인 걸까. 영상도, 글이나 연출도 그냥 관심에 불과했으려나. 애매한 술기운을 쫓으려 물을 마시는데, 손에 댄 머그잔마저도 차가웠다. 내일은 비가 올 것이라는 예보를 들으며 씻었고 침대에 누웠다. 잠에 바로 들지 않아 괜히 취업 사이트에 들어가 회사 목록을 확인했다. 한숨이 계속 나왔다. 그렇게 술 향이 묻은 숨을 방에 가득 채웠다.

깨어나 보니 아침부터 창밖에서 빗소리가 들렸다. 그날따라 이상하게 머리가 더 아팠다. 어제 소맥으로 시작해 하이볼까지 섞어 마신 게 문제였으려나, 생각하며 두통약을 먹었다. 숙취로 인한 두통 때문에 약을 먹는 건 미봉책이라고, 어느 의사가 그랬다. 건강에 좋지 않으니 술을 줄이는 게 근원적인 처방이라고. 아, 맞다. 그랬었지. 술 좀 줄여야겠다, 생각하며 약기운이 돌 때까지 침대에 누워 있었다. 평소 같았으면 어제 얼마나 마셨는지, 술값은 누구에게 보내면 되는지 시끄러웠을 단톡방이 그날따라 조용했다. 다들 어제 대화의 여파가 큰 걸까. 잃어버린 꿈에 대해서 생각하고 있으려나.

그즈음 나는 중간 정도의 재능을 가진 나를 매일같이 저주했다. 남들보다 관심을 가지는 분야가 많았으나 그냥 그 정도였다. 특출 나지도 않고 직업으로 삼기에는 더더욱 보잘것없는 능력을 가지고 있었다. 이따금씩 누군가의 칭찬을 받을 뿐, 그마저도 입에 발린 말이란 것쯤은 금방 알아챌 수 있었다. 나보다 뛰어난 사람은 많았고 내가 가진 능력은 나조차도 만족할 수 없는 수준이었다. 열심히 노력해서 능력을 계발해야 한다지만, 그러기엔 현실이 너무 무거웠다.

영화감독을 꿈꾸던 친구는, 영화계의 박봉으로는 집의 빚을 갚을 수도, 생활 유지를 할 수도 없어 미술관에서 일하게 됐다. 그는 영화판에서 어떻게든 버티고 인맥을 쌓아야만 커리어를 발전시킬 수 있다는 사실을 모르지 않았지만, 어쩔 수 없었다. 그에겐 이번 달의 생활비가 가장 큰 위협이었으니까. 미술을 하고 싶어 하던 친구는, 부모에게 더 이상 손 벌리기 미안하다며 영업 사원이 됐다. 유학 가서 미술을 배우거나 미술 전공으로 대학을 다시 들어가고 싶었지만 그럴 수 없었다. 나이만 먹고 돈도 스스로 못 버나는 주변의 눈초리를 견딜 수 없었기에. 방송을 하고 싶어 하던 친구는 언론 고시를 준비할 자금이 없어 카페에서 일한다. 여전히 방송계 취업을 생각하지만, 바빠서 여유가 없다고 한다.

나도 크게 다르지 않았다. 내겐 갚아야 할 학자금이, 아들에게 거는 부모님의 기대가, 타인의 시선에 쉽게 매몰되는 나의 기질이 존재한다. '포기하지 말라, 부딪혀라. 노력하라'라고 헛소리하는 어른들은 위로가 되지 않았다. 그들은 나로 살아 본 적이 없고, 내 친구들로 살아 본 적이 없기에. 누구나 각자의 사연이 있고, 그 사연을 버티며 산다. 누가 뭐래도 내 사연이 나한텐 가장 힘든 거다. 그러니 꿈을 잃어버리는 건 그 누구의 잘못도 아니라는 생각이 들었다.

약 기운이 돌고 나니 지끈거리던 머리가 편해졌다. 집에만 있으면 안 될 거 같아 평소에 좋아하던 카페를 갔다. 비가 와서, 세상은 온통 회색으로 가라앉아 가고 있었다. 홀로 카페에 앉아 커피를 시키고 무엇이든 쓰기 시작했다. '난 내가 스무 살 즈음엔 세상의 한 부분에 큰 획을 긋고 요절할 천재인 줄 알았는데….' 익숙한 노래 가사를 쓰면서 시작한 문장은, 이내 내가 포기한 꿈들을 적는 것으로 이어졌다. 천재적 재능이 없는 이상 무조건 손가락만 빨게 된다는 꿈이나 돈이 너무 많이 들어간다는 것들. 하나씩 적다 보니 창피하게도 눈물이 흘렀다. 그러다 이내 눈물을 빠르게 훔쳤다. 왜 그랬지. 말을 먼저 걸어 보고 싶었지만 쑥스러워 친해지지 못한 사장님이 날 걱정스런 눈빛으로 쳐다봐서 그랬으려나. 아님 20대 중반의 남자가 혼자 처량하게 울고 있는 모습을 남들이 보면 뭐라 생각할까 창피하니 그랬으려나.

카페에서 나오면서 생각했다. 숙취를 견디기 위해 먹는 두 통약처럼 미봉책을 조금 더 유지하자고. 취업을 할지, 꿈이라는 뜬구름을 잡을지 찬찬히 생각하자고. 꿈을 유예하는 게 내가 할 수 있는 최선의 방법이니까. 난 내 꿈을 위해 결단 하나 제대로 내리지 못하는, 그런 비겁한 사람으로 좀 더 살기로 한 거다. 그런대로 괜찮다. 이런 용기 없는 모습도 나임을 인정해야 하니까. 꿈을 미뤄 두는 것도 그런대로 괜찮으니까.

누군가의 울음처럼 내리는 비가, 우산 위에 떨어지고 부서지는 소리가 들렸다. 꿈을 유예하는 걸 창피해하지 말자고 마음먹었다. 내가 생각하는 모습의 내가 되려면 얼마나 더 많이 울어야 하는 걸까– 하는 생각이 잠시 들었다.

집으로 돌아가는 길에 에픽하이의 낙화를 들었다. 그날따라 가사가 더 선명하게 들렸다.

"내 꿈은 하늘을 걷는 난쟁이의 꿈, 달콤한 자장가에 잠이 든 고아의 꿈, 시간을 뒤로 되돌린 불효자의 꿈, 내 꿈은 세상 모든 어머니의 꿈, 내 꿈은 크게 노래 부르는 벙어리의 꿈, 내 꿈은 사랑하는 사람의 작은 속삭임에 미소를 짓는 귀머거리의 꿈. 가질 수 없는 꿈이지만, 버림받은 꿈이지만, 비틀거리는 꿈이지만 I have a dream."

거참 더럽게 슬픈 가사네– 생각하며 걸었다. 집에 가서는 긴 잠을 잤다.

그리고 그날부터 내리기 시작한 비는, 나흘 동안 쉬지 않고
내렸다.

여성스럽다는 말을 듣고 자라 온
남자들에게

학창 시절 난 확실하게 삐뚤어진 학생이었다. 선생님들의 말에 토를 달기 좋아했고 남들이 당연하다고 믿는 가치를 의심하고 비판하기 좋아했다. 친구들이 체육 시간마다 공을 차면 난 구석에서 책을 읽었다. 무턱대고 내게 반말하는 사람들이 싫어, 동아리 후배여도 안 친하면 높임말을 썼다.

이런 나를 보고 다들 여자 같다고 했다. 난 그저 공놀이보다 책이나 영화 보는 걸 좋아했을 뿐인데, 그게 왜 '여자 같은' 것으로 분류되는지 억울했다. 성인이 되어서도 매일이 심판의 날이었다. 축구나 야구 동아리에 남자 동기들이 모이는데 나는 왜 가입하지 않냐는 말을 많이 들었다. 선배들도 그런 동아리에서 관계를 좀 쌓으라고 말했다. 그냥 별로 그런 것에 관심이 없다고 하면, '강산이는 가만 보면 여자 같은 구석이 있어'라는 말을 듣고는 했다. 그래서 언젠가부터는 그냥 그 심판을 받아들여야겠다고 생각했다. 아, 난 여자 같은 남자구나. 그런가 보다.

고등학생 때, 문학에 정답이 있다고 가르치는 문학 교사는 시험에 나오지 않는 질문을 하는 나를 특히나 싫어했다. 만족할 만한 답변을 받지 못한 날엔, 교과서에 적힌 문학 해석법에 빨간 펜으로 줄을 죽죽 그으며 내 감상을 덮어 적고는 했다. 그러면서 묘한 희열을 느꼈다. 교과서에 적힌 김소월의 특징은 민요적 율격, 한의 정서, 여성적 등이었다. 난 또 딴지를 걸기 시작했다. 그가 작품 속에 녹여 냈다는 한국인의 한의 정서는 열여덟이라 공감이 안 됐고, 민요는 제대로 들어 본 적이 없어 무엇인지 몰랐다. 하지만 그 많은 특징 중 가장 이해할 수 없었던 건 '여성적'이라는 말이었다.

"선생님, 왜 김소월의 작품이 여성적인가요?"

부드럽고 순한 어조라, 많이 에둘러서. 화자가 수동적이라, 서정적이고 경어체가 많아서란다. 뭐야, 이거 완전 나잖아. 그때 깨달았다. 난 왜 그렇게 여자 같다는 말을 많이 들었는지. 김소월도 나도 여자 같다는 걸 동의하기 어려웠지만, 다들 그렇다니 대충 '그런가 보다' 하고 판단을 유보했다.

그러다 대학 졸업의 문턱에 선 4학년 마지막 학기 때, 국문과 전공 수업을 신청해 듣게 됐다. 현대 시 문학 강의였는데, 김소월의 작품 중 『여자의 냄새』라는 시에 대해 토론하는 시간이 있었다. 나는 김소월이 '여성적'이라던 교과서와 달리, 이 시에서는 화자가 무척 직접적으로 자신의 욕망을 드러내는 거 같다고 말했다. 화자가 말하는 것이 실제 여성에 관한 욕망인지 혹은 다른 누군가를 그리워하는 것인지에 관한 의견은 분분했다. 하지만 수동적이지 않고 적극적으로 표현하는 화자가, 참 '남성적'이라는 것에는 나를 제외한 모두가 동의했다.

난 위와 같은 나의 경험을 말하며, 문학 수업에서 화자의 태도를 특정 성별로 분류하는 것이 구시대적이고 부당하다고 말했다. 모든 여성이 수동적이거나 경어체를 쓰는 것은 아니며, 부드럽거나 순한 것은 여성만의 고유한 성질이 아니라고 말했다. 그렇지 않다고 해서 여성이 아닌 것이 아니며, 그러한 영역을 설정하는 순간, 영역 밖에 있는 사람들의 자격을 함부로 박탈시키는 것과 같은 행동이라고 말했다.

반응은 차가웠다. 국문과도 아닌 타 과 학생이 문학에 대해 떠드는 게 조금 아니꼬웠던 것인지, 국문학과 학생들은 나를 총공격했다. 모순적이라거나 이상적이라거나 하는 평이 많았다. 그중 가장 기억에 남는 말은, '여성적'이라는 분류를 하지 않으면 화자의 태도를 어떻게 범주화 하고 학생들에게 가르칠 것이냐는 거였다. 집중포화를 당하자, 나도 좀 세게 나갔다.

"네, 그래서 저는 국문학자들이 일해야 할 때라고 생각해요. 인식과 시대는 계속 흐르잖아요. 교과서보다 아주 빨리요. 그럼 그 교과서를 만드는 사람들이 더 바쁘게 움직여야 하는 거 아닐까요. 저는 그 움직임을 학도들이 먼저 시작해야 한다고 생각해요."

전공생인 너네들이 열심히 일해서 연구해야 한다는 뜻이었다. 지금 생각해도 굉장히 건방진 태도였지만, 이런 나를 보면서 고개를 끄덕이던 교수님의 표정은 확실히 기억하고 있다.

해당 수업을 끝내고 나서 난 이 시를 총으로 사용하기로 했다. 김소월을 '여성적'이라 표현하는 교과서에게 탕, 탕 쏘아야겠다고. 그래, 역시 그 교과서랑 문학 교사가 틀렸어. 작가의 표현을 쉽게 '여성적'으로 퉁치고 유형화시키는 '문학 정답자'들에게 한 방 먹일 수 있는 시를 찾았다고! 누가 또 다양한 수사를 사용해 소월을 정의 내리거나 문학에 정답이 있다는 듯 말하면, "이거 봐. 소월은 여성적인 게 아니라 그냥 소월스러운 거라고" 총 쏘듯 멋들어지게 말해야지, 생각했다.

당시에 참석하고 있던 독서 모임에서 이 경험을 말했다.

"정말 어이없다니까요. 소월이 무슨 여성적이야. 그게 왜 정답인 듯 말하는 건지, 참. 소월이 살아서 그런 평가를 받았다면 이런 시를 수십 편은 더 쓰지 않았을까요?"

결국 김소월은 여성스러운 게 아니라 소월스러운 것이라는 말을 하며 총구에 피어오르는 연기를 후– 하고 불고 있었다. 그때 건너편 사람이 말했다.

"정말 강산 님다운 말이네요. 전부터 느꼈는데 정말 강산 씨는 개성이 확실해서 어디든 그게 묻어나는 거 같아요."

응? 작정하고 열변을 토하면 이상해 보일까 봐 너스레 떨면서 말한 건데 이렇게까지 칭찬해 준다고? 머쓱한 마음에 감사하다 말하고 마무리했지만, 그 말이 하루 동안 맘속에 돌아다니며 날 괴롭혔다.

그날 밤도 심판의 날이었다. 잘 알지도 못하는 사람의 짧은 한마디가 '여자 같다'라는 콤플렉스에서 날 꺼내 주었다. 김소월의 작품이 여성스러운 게 아닌, 그저 소월스러운 것처럼 나도 그냥 나다운 거구나. 이 당연한 걸 인정받지 못해서 괴로워했나 싶었다. 어쩌면 그 말을 해주는 사람을 기다리고 있었는지도.

어느 누군가가 나처럼 나다움을 인정받지 못해 힘들어한다면, 이 시를 심판대 삼아 그에게 재심의 기회가 있다고 말해 줘야지– 다짐했다. 우린 그냥 우리잖아요. 나 아닌 다른 무엇이 아니라.

난 알고 있다. 남에게 하는 말은 오히려 나에게 하고 싶은 말이라는 것을.

나는 나 스스로에게 그렇게 말해 주고 싶은 것이다. 그냥 나스럽게 살자고.

　나는 그냥 나다워도 된다고.

혼자 사는데, 아프다는 것은

대학을 졸업하기도 전에 3개월짜리 인턴 직을 구했다. 그때
는 뭐가 그렇게 급했는지 졸업 전에 직장을 미리 구하지 않으
면, 남들보다 엄청나게 뒤처지는 삶을 사는 거라는 압박감에
시달렸었다. 물론 표면적으로 강하게 압박했던 사람들이 있었
던 건 아니다. 다만 내가 나를 압박했다.

꼭 타인보다 뛰어나야 한다는 압박, 그렇지 못하면 실패자
가 될 거라는 공허한 자괴감. 그것이 나를 무작정 일하게 만들
었다. 그래서 그다지 하고 싶은 일이 아니었음에도 인턴 직을
따냈고, 졸업 전에 직장을 다닌다는 것에 묘한 만족감을 느꼈
다. 그렇게 집에서 가만히 누워 인스타그램 속 사람들과 나를
비교하던 어제보다는, 몇 푼이라도 벌러 지하철을 타러 가는

지금이 더 나은 삶이라고 자위했다.

인턴으로 일하면서 매일 12시간 동안 일을 했다. 일을 처음부터 배우느라 남들보다 제곱으로 더 노력해야 했으니 시간을 쏟는 건 당연했다. 나는 남들보다 더 빨리 더 많이 성장하고 있을 거라고, 돈을 벌고 있으니까 어제보단 더 쓸모 있는 인간이라고, 그렇게 값싸게 나를 위로하며 버텼다. 하지만 결국 탈이 나버리고 말았다. 매일 밤 악몽을 꿨으며 잠을 자도 피로가 풀리지 않았다. 식욕은 사라져 몸무게가 줄어 갔고 눈은 충혈돼 항상 빨갰으며 다크서클은 더욱 진해졌다. 보는 사람마다 내게 피곤해 보인다는 말만 했다.

그런 내가 의지할 수 있는 건 술뿐이었다. 퇴근하고 나서는 술만 마셨다. 누구와 마시든 상관없었다. 난 단지 내일 아침 출근하기 전까지 술로 같이 버텨 줄 지성체, 이야기할 수 있는 존재이면 만족했다. 그렇게 그저 알코올이 나의 기억을 도려내 주기를 원했다. 정말로 수치스러웠던 건, 술자리에서 직장 이야기를 하는 것만으로도 모종의 위안감을 느꼈단 거다. 그래도 난 직장인이라는 신분이 있기에 이런 이야기를 할 수 있는 거구나, 하는 가짜 안도감이 나를 안에서부터 파먹는지도 모르고 말이다.

밥도 골고루 먹지 않고 술만 마셔 대니 안 좋던 몸이 급격하게 더 악화됐다. 하지만 업무의 양과 강도는 달라지지 않았고 나를 소모품 취급하는 회사 사람들의 태도 또한 변함없었다. 하루는 집에 도착해 알 수 없는 이유로 토를 해버렸다. 변기를 붙잡고 입과 코를 녹여 버리는 듯한 신물에 눈물을 흘렸다. 어딘가 망가지고 있는 게 분명했다. 하루에 절반 이상의 시간을 형체 없는 압박감에 시달리며 일을 하고, 남은 시간은 음주로 채우는 생활로 나를 망쳐 가고 있었다.

난 그날 이후 얼마 가지 않아 인턴 자리를 관뒀다. 퇴사하고 나서는 침대에서 밀린 잠을 잤다. 술의 힘을 빌리지도 않았고 그저 내리 잠만 잤다. 나를 잠들게 하는 것은 패배감, 나를 괴롭히다 못해 내 온몸을 짓누르는 자기 열등감이었다.

퇴사하고 나서, 하는 것도 없이 잠만 자는 나를 가둔 방이 재판장처럼 느껴졌다. 나를 떠받들어 주는 침대는 피고석, 원고도 심판자도 전부 나. 그 심판대에서 나는 스스로를 나약한 인간이라고 매일 심판했다. 하루에 열 시간이 넘도록 잠을 잔 지 이틀째, 슬슬 온몸의 근육이 조여 오듯 아파 왔다. 머리는 깨질 거 같았고 열이 났다. 호흡은 거칠어졌고 눈을 뜨면 앞에 있는 것들이 빙빙 도는 듯 어지러웠다. 감기 몸살인 거 같았다. 평소에 건강과 체력만큼은 자신 있었던 난데, 갑자기 몸살에 걸려 꼼짝할 수 없을 정도로 아픈 게 낯설었다. 초반엔 이러다 알아서 나아지려니 싶었다. 살면서 큰 병치레를 한 적이 없었고 가끔 몸이 안 좋을 때는 있었어도 일상생활이 불가능

할 정도는 아니었기에, 지금 겪는 고통도 적당한 선에서 멈출 것이라 생각했다.

하지만 달랐다. 몸은 더 무거워졌고 화장실을 가려 일어나기도 힘겨운 지경까지 악화됐다. 이렇게까지 아파 본 적이 없어서 어떻게 대처해야 할지 몰랐다. 무슨 약을 먹어야 할지, 늦은 밤에 병원에 가면 뭐라고 해야 할지도 전혀 감이 오지 않았다. 그렇게까지 깊은 생각을 할 수 있을 정도의 컨디션이 아니기도 했고. 당장 부서져 버릴 거 같은 내 몸을 어떻게든 살려 내고 싶었다. 급한 대로 보일러를 켜 가장 높은 온도로 맞추고 이불을 덮어 몸을 웅크렸다. 아파서 잠이 오지 않아도 어떻게든 잠을 자려고 했다. 하지만 아파서 잠을 청하는 순간까지도 나를 심판했다. 왜 아픈 거지. 이 시간에 이력서와 포트폴리오를 제작해야 될 텐데. 아니면 글이라도 한 줄 더 써서 생산적인 일을 해야 하는데.

아픈 나 자신이 용서되지 않았지만 몸은 정말 내 말을 듣지 않았고 잠에서 잠시 깨도 고통은 그대로였다. 전화나 메시지가 와도 도저히 받을 수 없었다. 이럴 때 응급차를 부르는 건가 싶었다. 어떻게든 고통에서 도망치고 싶은 마음에 몸을 움직여서 편의점에 갔고, 타이레놀을 사서 여섯 알을 한 번에 삼켰다. 타이레놀이 당시의 몸살을 낫게 해줄 효능이 있는지도 몰랐다. 얼마큼이 복용하기에 적정량인지도 몰랐다. 그저 여섯 알을 한 번에 털어 넣는 것이 내가 스스로에게 베풀 수 있는 최고의 관용이었다. 혹시 몰라 다른 감기약들도 허겁지겁 복용했고 집에 돌아와 따뜻한 물을 마셨다. 그리고는 약 기운 때문인지, 아니면 잠자는 것 말고는 할 수 있는 게 없었기 때문인지, 다시 죽은 듯이 잠들었다.

일어나니 다음 날 저녁이었다. 또 열 시간이 넘도록 잠만 잤던 거다. 그런데 정말 거짓말처럼 몸이 가벼웠다. 한 번에 고용량의 약을 복용한 영향인지는 몰라도, 기어서라도 병원에 가고 싶던 어제와는 완전히 달라져 있었다. 머리가 깨질 듯이 아프지도, 세상이 빙빙 돌지도 않았고 찢어질 듯 조여 오던 근육들도 괜찮아졌다. 하지만 몸의 상태는 돌아왔어도, 마음이 공허했다. 이 아픔을 말할 데도, 말할 사람도 없이 혼자 감당해야 했던 것이 조금 슬펐다. 그럼에도 혼자 사는 삶을 택한 것은 나이기에 깊은 자기 연민에 빠지지 말자고 스스로를 다그쳤다.

그즈음 나는 심리상담센터에서 상담을 받고 있었다.

"왜 그렇게 자기 자신에게 모질게 구세요. 좀 칭찬도 해주고 그러지. 자기를 사랑해 주는 건 자기가 제일 잘해야 해요."

상담 선생님은 그날의 내 이야기를 듣고 말했다. 상담을 마치고 나서 생각했다. 술로 버티던 그 순간들이 나를 위로하는 줄 알았는데, 실제로는 무척이나 그림자 같은 위안이었구나. 그래, 아픈 몸을 혼자 치유하려 애쓴 나 자신에게 오늘만큼은 칭찬을 하자. 오늘만큼은 스스로를 심판하지 말자. 나는 나를 다독여 주었다. 일하지 않는 지금의 내가 가치 없는 것이 아니라고. 애썼으니 잠시만 여유를 가지고 길을 찾아보자고. 그제서야 나는 나를 사랑해 주기로 했다.

혼자 살면서 아프다는 건, 내가 나를 더 사랑해 줘야 한다는 알림 같은 거였다.

나는 내가 잘난 사람인 줄 알았다

불합격 문자를 받았다. 자취방의 커튼을 쳤다. 그리고 열흘을 방에서 나가지 않았다. 잘 먹지도 않았고 기말고사를 보러 학교에 가지도 않았다. 아무것도 하지 않고 어두운 방에 달라붙어만 있었다.

나는 성공한 주인공은 나여야만 한다는 강박이 있었다. 건방진 얘기지만, 난 내가 남들과 달리 특별하다고 생각했다. 어리석거나 생각이 짧거나, 경솔한 보통 사람들을 보며 혀를 차는 걸 좋아했다. 그렇기 때문에 그런 사람처럼 평가받는 건 죽기보다 싫었다. '쟤보단 더 잘해야지'라는 마음으로 공부했다. 보통인 저 사람들과는 달리 멋있게 살고 싶었고, 그 모습을 은근슬쩍 자랑해 인정받고 싶었다. 그래서 난 내가 특별한 존재로 보일 수 있도록 행동했다. 내가 얼마나 바쁜지, 대외 활동을 얼마나 하는지, 어떤 상을 받았는지, 장래에 어떤 일을 할 건지까지 장황하게 전시했다. 그렇게 사람들에게 인정받으면 내가 남몰래 경쟁 상대로 찍어 두었던 걔보다 더 우위에 선 느낌이었다.

사람들 사이에서 주인공 자리를 뺏기면 인정 욕구가 채워지지 않았다. 심지어 부정적인 피드백을 받는 날이면, 내가 할 수 있는 일의 두세 배는 무리해서 했다. 그런 방식으로 기어코 타인에게 인정을 받아 냈다. 그러다 보니 내가 하고 싶은 것보다 남들에게 듣고 싶은 말대로 행동하는 일이 많아졌다. 난 그게 영리한 방식이라고 생각했다.

다른 사람들에게 '나'라는 존재에 대한 인정을 얻고 나면 마음이 자유로워지는 거 같았으니까.

멋진 기업에 입사하는 것은 내 인정 욕구의 정점이었다. 모두가 나보고 대기업에 지원하라고 했다. 그 정도 스펙이면 무조건 합격이라고, 부럽다고 했다. 난 그들의 인정에 으쓱했다. 내가 얼마나 열심히 살았는데. 그래, 대기업에 들어가서 내 커리어의 정점을 찍자, 한심한 저들과 좁힐 수 없는 격차를 벌리는 거야. 그래서 난 대형 기업마다 채용 홈페이지를 들어가 인턴을 채용하는지 살폈다. 평소에 관심 있던 큰 기업들이 채용을 하고 있었다. 준비해 오던 직무도 아니었지만, 무작정 자소서와 이력서를 제출했다. 얼마 안 가 서류 전형에 합격했다는 소식을 받아 보고는 방방 뛰었다. 벌써 인정받는 기분이었다. 면접 때 말할 답변을 서른 개는 더 준비해서 갔다. 그래, 틀림없이 이 정도 답변이면 전문적이고 생각 깊은 지원자로 보일 거야. 높이 솟은 빌딩 앞에서 사원증을 매고 있는 사람들에게 나의 모습을 대입해 보며 흥분했다. 캬, 대기업 사원증을 목에 건 사진을 남들한테 자랑하면 좋겠다. 분명 그 사진은 좋아요 100개는 거뜬히 넘기겠지? 나는 그렇게 사원증이라는 휘장을 사냥하러 면접장에 들어섰다.

면접장에서 매 질문마다 가면을 갈아 끼우며 내 경험담을 늘어놓았다. 이 정도 스토리면 감동받을 거라며, 할 수 있는 게 많은 사람으로 보이도록 온갖 스킬을 총동원했다. 이 스킬들이 지금껏 내 자존심을 지탱해 왔는데, 안 통할 리가 없지.

"그럼 살면서 가장 열심히 해온 게 뭐예요?"

"글부터 영상, 기획 및 제작까지….."

"아니요, 아니요. 하나만요. 이것만은 정말로 잘 알고 있다는 거 하나만 말해 보세요. 10초 드릴게요."

남들이 인정해 줄 만한 것들은 다 해왔다고 말해야 하나? 무언가 하나를 말하기가 어려웠다. 생각이 끝났을 때 10초는 이미 지나 있었고, 면접관들은 한심하다는 표정을 지었다. 이게 아닌데, 내가 예상했던 건 이게 아니었는데. 정말 열심히 살아오셨네요. 멋있어요. 그 나이에 이러기 힘든데 대단하네요. 우리 같이 일해 봅시다. 이런 말이 나와야 하는데.

면접관은 수고했다는 말을 하며 나가 보라고 했다. 이제 그들에게 볼일이 없어진 나는, 덩그러니 놓여 있는 평범하기 그지 없는 타인일 뿐이었다. 면접장을 나와 지나가는 사람들을 보는데, 문득 어지러웠다. 그럴 줄 알았다는 듯 내게 무관심한 면접관의 눈빛들이 아른거렸고 그 앞에서 인정받으려고 애쓰는 내 모습이 3인칭 시점으로 그려졌다. 인정 욕구를 위해 살아온 벌이었다. 집으로 돌아가면서 생각했다.

지나다니는 저들 중에 나처럼 인정받으려고 발버둥 치며 사는 사람들이 더 있을까?

불합격 통보를 받았다. 이제 나는 패배자의 인생을 살겠구나 싶었다. 오는 연락도 받지 않은 채, 방에만 있기를 열흘 넘긴 날이었다. 연락이 왜 이렇게 안 되냐며 보채던 친구들을 만났다. 그들은 연락이 안 돼서 걱정했다고 말했다. 나는 별일 없었다고 둘러댔다. 그러다 대화 중반 즈음에, 두근거리는 맥박을 참으며 불합격했다고 말했다. 그러자 다들 괜찮다고 힘내라고 했다. 가족에게 전화해서 불합격 소식을 전했다. 똑같은 반응이었다. 밥 잘 챙겨 먹으라는 평소의 안부를 전하며 통화가 끝났다. 왜 그 정도밖에 못하냐며 윽박지르는 사람도, 난 네가 당연히 합격할 줄 알았다며 아쉬워하는 사람도 없었다. 그 누구도 나에게 설명을 바라지 않았다. 모두가 있는 그대로의 나를 만족해 줬다. 인정받지 않아도 난 그대로 나였다.

*

"그럼 강산 씨는 어떤 일 하고 싶어요?"

다른 팀과 협업하는 촬영 현장에서 스태프가 내게 물었다. 초면에 별걸 다 묻는 사람이었다. 난 가볍게 대답했다.

"그러게요. 하고 싶은 건 많은데, 뭐 해 먹고살아야 할지 모르겠어요."

전처럼 인정받으려고 가면을 쓴다거나, 경험담을 전시하지 않았다. 이런 내 모습에 나도 놀랐다. 그러자 그는, 그러시냐고 자기는 지금까지 이런 일을 했고 앞으로 또 이런 일을 하고 싶다고 말했다. 구구절절 자기 이야기를 무용담처럼 늘어놓는 그가 귀엽게 느껴졌다.

그러면서도 남의 꿈을 함부로 호출하는 무례함에 짜증도 났다. 자기 자랑만 할 거면 내 꿈은 왜 묻는 거야, 도대체. 그러다가 과거에는 나도 그랬겠구나 싶었다. 저 사람과 다를 바 없었겠구나.

가면을 쓴다고 해서 인정받는 건 아니었겠구나.

자취방의 커튼을 걷었다. 방이 환해졌다. 그 후로 난 인정이 덜 필요해졌다. 누군가가 나보다 뛰어나게 잘해서 인정받을 때, 난 박수 쳐주면 그만이었다. 내가 그 사람만큼 못한대도 실망할 필요가 없다는 걸 조금씩 알아 나가고 있다. 물론 지금도 인정에 대한 욕구를 모두 버렸다고 말할 수는 없다. 하지만 인정을 받지 못한다고 해서, 전처럼 나를 옥죄지는 않는다. 불안해하는 것도, 초조해하는 것도 줄여 나가고 있다.

내가 나를 인정하면 그만이니까. 남의 평가보다 내가 만족하는 정도로만 살아가면 되니까. 사람들이 이런 날 인정해 주지 않아도 뭐, 어쩌겠나. 나는 그냥 나대로 살아야지.

아빠가 우울증에 걸렸다

아빠는 술을 좋아했다. 사업을 이끄는 아빠는, 일 때문에 술을 마시는 일이 많았다. 대인 관계가 좋고 일을 함에 있어서 거침없는 아빠의 성격 덕분인지, 사업은 잘 풀렸다.

자신의 어머니, 아버지와 아내, 네 명의 자식들까지 먹여 살리기 위해서 아빠는 열심히 일했다. 아빠는 특유의 외향적인 성격으로 모임에서 분위기를 주도하는 스타일이었다. 아빠의 농담에 모두가 웃음을 터뜨렸다. 아빠는 지역에서 큰 모임의 회장을 자주 맡았다. 빠른 일 처리, 사람들을 다루는 스킬까지 좋다 보니 그랬던 거겠지.

내가 중학생 즈음이었나, 아빠는 고급 외제 차를 뽑았다며 좋아했다. 중2병이 무섭긴 무섭다. 난 고급 외제 차를 뽑았다며 좋아하는 아빠를 두고, '폼 잡는다'고 생각했다. 돈 따위 뭐가 그렇게 중요하다고 저렇게 과시하고 싶은지. 그땐 그렇게 생각했다. 자동차에 관심 없던 나는 그게 얼마나 비싼 건지 그리고 그게 아빠에게 어떤 의미인지 전혀 몰랐다. 아빠의 외제 차 자부심에 동의하지 못했으면서 아빠가 태워 주는 그 비싼 외제 차를 타고 잘도 학교를 오다녔다. 성인이 되고 나서야 그 차가 '벤츠'라는 고가의 차임을 알게 됐고, 그걸 뽑았다며 좋아하는 아빠의 마음도 조금 알게 됐다.

아빠는 전형적인 '옛날 사람'이기도 했다. 엄마가 나가서 돈 버는 모습은 볼 수 없다며, 결사코 혼자 경제적 부담을 껴안았다. 혼자 벌어서 자식 네 명을 먹여 살리고, 부모님도 모셨다. 나는 직접 일해 받은 첫 월급을 내 손에 쥐고 나서야, 그 일이 얼마나 힘들고 대단한 건지 알게 됐다. 아빠에게 고급 외제 차는 자신이 힘들게 일했던 시간들에 대한 보상, 그것도 눈앞에서 매일 확인 가능한 것이었다. 아무리 가족이지만, 본인의 피로에 대해 전부 알아주지는 못하니까, 모두가 부러워하는 외제 차는 그런 시간에 대한 인정이었을 것이다. 나는 이런 아빠의 마음을 어림잡아 이해하기까지, 긴 시간이 걸렸다.

내가 대학생 즈음, 아빠에게 교통사고가 났다. 다행히도 아빠는 크게 다치지 않았지만, 차는 완전히 망가져 폐차할 수밖에 없었다. 아빠는 새 차를 뽑을 만큼의 보험금을 받았지만 그보다 훨씬 싼 차를 구입했다. 난 그때 그냥 아빠가 더 이상 차로 폼 잡지 않는다고만 생각했다.

사실 아빠는 어려워진 것이었다. 경제적으로나 심리적으로나. 젊고 새로운 사람들이 아래에서 치고 올라오면서 아빠의 사업은 예전만 못해졌다. 명절 때만 되면, 둘 곳이 없을 정도로 밀려들어 오던 선물도 뚝 끊겼다. 아빠에게 잘 보이려 애쓰던 사람들은 이제 더 이상 아빠에게 아쉬울 게 없어졌다. 아빠는 술을 더욱 가까이하기 시작했다. 아침부터 잠자기 전까지 술을 마셨다. 그런 아빠를 두고 가족 모두가 뜯어말리기도 해보고, 무시도 해보고, 타일러도 보고, 화도 내봤다. 하지만 통하지 않았다. 아빠는 허전한 무언가를 술로 채웠다.

그러다 아빠의 책상에서 항우울제를 발견했다. 일도 줄고 모임도 꽤 정리했던 아빠는, 남들 모르게 항우울제를 먹으며 버텨 온 것이었다. 그래도 하나밖에 없는 아들인데, 힘이 되어 줘야 하는데, 어리고 모자란 난 그런 존재가 되어 주지 못했다. 난 딱 그 정도뿐인 아들이었다. 그러다 아빠는 점점 나이가 더 들면서 술을 이기지 못하게 됐다. 아빠의 주량은 전보다 많이 줄었고 자연스레 조금씩 술 마시는 양을 줄여 갔다.

그 후로 아빠는 취미를 가지기 시작했다. 색소폰을 독학하기 시작했고, 최신 음악 기기를 모으기도 했다. 비싼 악기들을 사들이고, 연습실도 지었다. 몇 년을 연습하시더니, 처음에는 음자리 하나 잡기도 어려워했던 아빠의 색소폰 실력이 청중 앞에서 곡을 연주할 수 있을 정도가 되었다. 지금은 지역 행사에 아빠가 나가 홀로 독주를 하기도 한다.

나는 그런 아빠가 멋있다. 아빠는 당신의 우울증을 견뎌 내셨다. 아직까지도 어리고 모자란 난, 아빠에게 당신의 우울증에 대해 물어보지 못했다. 어떤 어두움이 있었는지, 얼마나 힘들었는지, 어떻게 이겨 냈는지에 대해 아직도 난 모른다. 하지만 난 아빠가 최신 전자 기기를 구경하며 했던 말을 기억한다.

"아빠는 이렇게 멋진 시대에, 최첨단 기기들이나 신기한 것들 잔뜩 이용해 보고 죽고 싶어."

난 아주 오랫동안 모른 채 살았다. 아빠가 술 마시는 거 외에, 어떤 걸 좋아하고 어떤 걸 바랐는지 말이다.

아빠는 이제 구세대다. 젊은 세대에게 자리를 내어 주고 등을 돌려야 하는 그 나이다. 하지만 난 그게 슬프다고 생각하지 않는다. 아빠는 충분히 치열하고 열정적으로 살았다. 그 과정에서 아빠가 얼마큼 힘들었는지 내가 다 알 수는 없겠지만, 내겐 충분히 가치 있고 존경스럽게 느껴진다. 난 이제 아빠가 색소폰을 마음껏 불고, 경험해 보고 싶던 최신 전자 기기를 마음껏 즐겨 보았으면 좋겠다. 어쩌면 아빠의 항우울제는 그런 소소한 취미 생활이었을지도 모르니.

아빠가 살아온 세월의 반도 채 살지 못한 나는 모자라고 어려서, 아빠의 그간 서사에 대해 알지 못한다. 하지만 돈 버는 것 대신에, 자신이 하고 싶은 것들을 하며 인생을 즐기는 아빠를 응원하겠다는 것만은 변치 않을 것이다. 내가 아빠 정도의 나이가 되면 아빠의 감정을 이해할 수 있을까? 다만 나는, 빨리 더 성숙하고 어른이 되어서 내가 아빠의 항우울제가 되기를 바라 본다.

한 시절을 끝내기가 어려울 때

주성이는 고등학생 때부터 알아 온 대학 1년 후배이자 네 번의 계절을 함께 견뎠던 룸메이트였다. 내가 전 연인과 헤어졌다는 소식을 가장 먼저 알린 사람도, 주성이었다.

내가 대학교 1학년 (그러니까 맨날 술을 마시고 취해서 이리저리 전화해서 사랑한다며 주사를 부리던) 때, 주성이는 수줍게, 내게 지금 다니는 학교와 학과가 좋으냐고 메시지를 보냈었다. 역시나 그때에도 술에 취해 있던 나는, 왠지 모를 애교심이 솟아서 후회하지 않는 선택이라고 강력히 말했다. 그는 아주 간단히 알겠다고 답하더니, 다음 해에 합격했다는 소식을 알렸고 그렇게 나의 후배가 되었다.

그가 학교를 선택하는 것에 있어서 내가 영향을 미친 것은 얼마 없었을 테지만 나는 뭔지 모를 책임감을 느꼈고, 항상 그에게 본받을 만한 선배로 남아야 한다는 모종의 자기 압박에 시달렸다. 그래서 군인 시절 휴가 나와서도 그와 만날 때면 항상 내가 밥을 사는 등 아주 사소하지만 내가 할 수 있는 한의 멋진 모습은 최대한 보여 주려고 노력했다.

하지만 그가 나와 같이 살게 된 이후로는, 그런 노력 따위 아무런 쓸모가 없어져 버렸다.

나의 취업 준비의 시기가 길어지면서 멀쩡하지 않은 나의 모습도 여과 없이 보여 주게 됐기 때문이다. 내가 취준을 할 때에도 그는 여전히 학교를 다니고 있었다. 나는 그가 학교에 가 있는 동안에는 방에서 뒹굴거리다가, 그가 집에 들어오면 급하게 책상 앞에 앉아 무언가를 열심히 하는 척도 많이 했다. 우울을 조절하기 위해 알약 몇 개에 기분이 오가는 상태에서도, 나는 나름의 체면을 챙기고 싶어, 그는 신경조차 쓰지 않았을 바보 같은 행동을 한 거다.

그럴 때면 우린 같이 장을 보러 갔다. 주성이는 요리를 잘했다. 그는 요리를 하면 예쁘게 플레이팅을 해서 함께 밥을 먹자고 했다. 무엇보다 그가 김치찜에 아주 진심이었기 때문에, 우리는 심심할 때마다 김치찜을 시켜 먹었다. 같이 머리를 맞대고 밥을 먹을 때면 서로의 근심을 물었고 별일도 아닌 것처럼 서로의 마음을 말했다. 누구 하나 답을 줄 수 없는 처지인 걸 알지만, 그냥 그대로도 좋았다. 그저 서로의 녹록지 않은 생활을 반찬 삼아 함께 밥 먹는 게 좋았던 거다.

하루는 꽤 큰 기업의 공채 면접에서 멘탈을 전부 빼앗겼고 그 대가로 5만 원의 면접 비가 담긴 봉투를 받았다. 회사의 로고가 박힌 이 봉투를 마지막으로, 난 다시는 이 건물에 올 수 없겠구나 생각하니, 가슴에 전기라도 흘려 놓은 듯 저릿했다. 그날은 아주 더운 여름날이었고 양복을 입은 덕분에 땀을 뻘뻘 흘릴 수밖에 없었다. 난 꾀죄죄한 모습으로 자취방으로 돌아왔고 도착하자마자 곧장 주성이의 방으로 가 누워 버렸다. 퍼질러진 나에게 주성이는 면접이 어땠냐고 물었고 나는 무례했던 면접관 이야기를 풀어 댔다. 우린 그날 내가 받은 면접비 5만 원으로 육회와 연어를 시켜 술을 마시며 실컷 웃고 떠들기나 했다.

난 그해 겨울 취업을 했고 그도 곧 졸업을 앞두고 몇 곳의 면접을 봤다. 하지만 생각보다 잘 풀리지 않았고, 주성이는 본격적인 취업 준비를 위해 원룸을 구해 독립하기로 결정했다. 아무래도 주성이의 방은 내 방에 비해 매우 좁았고 무엇보다 나의 방해가 심했을 것이기 때문에, 그의 결정을 이해할 수 있었다. 사실, 좋지 않은 환경에서 오래 견뎠다고 생각하는 게 맞았다.

그가 떠난 후 새로운 룸메이트 준형이가 왔다. 준형이와는 지금껏 같이 살고 있는데, 우린 서로의 영역을 존중하고 배려하며 살고 있다. 서로에게 너무 많은 관심을 주지도 않지만 그렇다고 너무 무심하지도 않다. 주성이와 살았던 시절처럼 같이 밥을 먹고 함부로 서로에게 늘어지던 시간은 없지만 서로를 향한 응시가 있다.

하지만 늦은 저녁이 되면, 주성이에게 '기분도 찜찜한데 김치찜 갈기실?' 메시지를 보내면, 반대편 방에서 성대가 찢어질 듯 '콜!!!'이라고 외치고, 서로 빵- 터져서 웃던 날이 가끔 떠오른다.

내가 본격적으로 글을 쓰고자 퇴사를 했을 때, 주성이는 오랜만에 나를 불러냈다. 우린 고기에 술을 마셨고 그는 큰 회사에 취직했다는 소식을 알렸다. 하지만 누구에게나 그렇듯 그에게도 직장 생활은 힘들었고, 우린 서로 직장 상사 욕을 하며 술잔을 채웠다.

"그래도 형이랑 살았을 때 재밌었는데."

우린 조금 취한 채로 그 시절의 이야기를 했다. 쌀쌀한 초봄에는 통학을 하느라 피곤하다는 얘기와 꽃구경 다녀왔다며 떠들었지. 여름에는 더워서 못 살겠다며 내 방에만 있는 에어컨을 켜고 둘 다 방문을 열어 놓은 채 살았었잖아. 가을에는 새 옷을 샀는데 어울리냐고 물었고, 겨울에는 난방료를 보고 까무러쳤던 거 기억하지. 우린 그날의 추억을 술잔에 녹여 내어 들이켰다. 그러자 계절들 사이에 끼어 있던, 평범하게 즐겁던 일들이 떠올랐다.

파스타를 만들려고 와인을 넣어야 하는데 코르크 오프너가 없어 자취방 앞 맨홀 뚜껑에다가 병목을 치다가 그만 와인 병이 산산조각 나서 내 손가락이 다 찢어져 피를 흘렸던 일 (주성이는 바로 약국으로 뛰어가 구급약을 사 왔고, 우린 그날 초대했던 간호사 친구에게 너네 대학 나온 애들 맞냐며 욕을 바가지로 먹었다), 술에 취한 채로 온갖 주정을 부리던 나를 주성이가 침대에 눕히고 재운 일, 애인에게 차인 날 그가 내 어깨를 토닥이며 위로했던 일, 조금이라도 더 싸게 사기 위해 시장과 마트를 돌아다니며 장을 보고 짐을 나눠 들고서 아이스크림을 사서 집에서 같이 퍼먹은 일, 내 방에 바퀴벌레가 나와서 그와 내가 협동으로 잡은 일, 상대방이 기분이 좋지 않아 보이는 날엔 혼자만의 시간을 갖도록 조용히 해준 일….

바보 같은 기억들을 이야기하며 술에 적당히 취했고, 우리는 웃으며 헤어졌다. 그렇게 주성이도 나도 각자의 방으로 돌아갔다.

내내 뒤숭숭한 기분을 품은 채 자취방에 도착했다. 주성이가 지내던 방에서, 지금의 룸메이트인 준형이가 "안녕~" 하고 인사했다. 주성이가 있던 방에서 준형이의 목소리가 들렸다. 어쩐지 웃음이 났다. 저 방에 살던 주성이와 같이 보냈던 그 재밌던 일들은, 다시는 되풀이될 수 없을 것이다. 방금 비운 술잔으로, 방금 주성이와 내가 나눈 추억들로, 이렇게 내 삶의 한 시절이 떠났다는 게 느껴졌기 때문이다.

생각해 보면 나는 항상 머물러 있던 시절을 떠나보내는 것을 두려워했다. 이 시절이 마무리되면 그 시절 속에서 함께했던 이들과 영원히 끝나 버릴 거 같았기 때문이었다. 같은 시절에 같은 웃음을 나눴던 이들이, 이제는 다른 길과 다른 삶을 살면서 내가 모르는 다른 사람이 되어 버릴 거 같았으니까. 하지만 주성이와 술을 마시며 지난 시절을 추억하고, 옛 주성이의 방에서 나를 반기는 준형이의 목소리를 들으며, 이제는 그냥 웃기로 했다.

한 시절은 꼭 마무리 지어야 한다고. 한 시절을 떠날 수밖에 없다고. 옛 시절에 얽매이지 않고 다른 시절을 맞는 것이 용기라고. 그런 생각이 들었다.

이제 나는 이전과는 다른 나이와, 다른 환경과, 다른 사람과, 다른 삶을 살아야 할 차례일 것이다.

내가 타인을 전부 이해할 수 없대도

　나에게 우울함과 불안함이란 언제나 혼자서 관리해야 할 숙제 같은 것이었다. 그 숙제는 나를 아주 집요하게 괴롭혔는데, 혹여 타인에게 섣불리 꺼내 보였다가 '그까짓 거 가지고 힘들어하느냐'라는 식으로 부정당할 거 같은 두려움이 컸다.

　하지만 점차 나처럼 자신의 어두움을 남에게 섣불리 꺼내지 못하는 사람들이 있다는 걸 알게 됐고, 그들과 어깨동무하며 걸어가고 싶은 용기도 생겼다.

　그렇게 우울함과 불안함을 언제든 나눌 수 있는 사람들과 자주 술을 마셨고 이야기를 나눴다. 물론 해결책이랄 게 딱히 없는 이야기들의 연속이었지만, 그들과 서로의 이야기를 편하게 나눌 수 있는 것만으로도 좋았다. 형준이 형과 지은이는 그들 중 한 명이었다.

"서른이 되기 전에 죽는다 한들 나쁘지 않을 거 같다."

형준이 형과 술을 마시던 날, 그가 별달리 무겁지도 않게 말했다. 그간 나누던 말들보다 더 섬뜩한 이야기였지만, 워낙 건조하게 말해서 오히려 아무렇지 않게 느껴졌다. 무엇 때문에 그렇게 생각하느냐고 집요하게 캐묻고 싶었다. 하지만 괜한 두려움에 그렇게 하지는 못했다. 혹시나 내가 형 주변 사람들과 같이 무심코 상처 주는 말을 무지하게 뱉어 버리면 어떡하나— 싶었기 때문이었다. 그렇기에 내가 정말로 묻고 싶은 말을 하지 못하고 피상적인 말들로 리액션만 했다.

그날 술자리를 마치고 돌아가면서 혹시나 내가 더 깊이 묻지 않아서 형이 섭섭했으려나, 하는 생각이 들어 후회했다. 기억나는 그날의 모습은 건조한 듯 무언가 가득 차오른 형의 눈빛뿐이다.

지은이는 스무 살 때부터 친하게 지내던 친구다. 그는 밝은 성격에 쾌활한 사람이었고 모두가 유머러스하고 명랑한 그녀를 좋아했다. 좋은 사람을 곁에 많이 둔 지은이는, 부족한 것 없는 존재처럼 보였다. 그러던 지은이도 어느 날 술자리에서 이런 말을 했다.

"서른이 되기 전에 죽는다고 해도, 그런대로 받아들일 수 있을 것 같아. 이미 경험해 볼 만한 것들은 경험한 거 같고, 그렇지 않대도 큰 기대감이 없거든."

나는 그녀의 말이 당장 죽고 싶다는 말로 해석됐다. 삶에 대한 기대감이 없다는 말이었기에 그것과는 결이 전혀 달랐지만, 그녀가 굉장히 위태로워 보였다. 나는 형준이 형 때와는 다르게 도대체 왜 그러는 거냐며 다그쳤다. 하지만 지은도 그 답은 몰랐다. 그냥 그런 기분이 드는 것이었는지, 아니면 거대한 무언가가 그렇게 만든 것인지 나는 알 수 없었다. 그냥 지은이가 당장이라도 어딘가로 떠나 버릴 것처럼 느껴져서 서운했다. 그러나 나는 그 이상 표현하지 못했다. 그녀의 어두운 감정을 이해하지 못하는 사람이 될 거 같았기 때문이었다.

난 서른 전에 삶이 끝난대도 괜찮을 거 같다는 이들의 마음을 정확히 이해할 수 없었다. 혹시나 사회에서 정해 놓은 '서른'의 자격이 그들에게 부담스러운 걸까? 아니라면 다른 의미라도 있는 걸까? 도대체 어떻게 해야 그들을 도울 수 있을까? 아무리 생각해도 알 수 없었다. 그들의 마음을 이해하지 못하는 사람으로 전락하는 내 모습이 싫었다. 나는 그들의 마음을 더 알고 싶었다. 그래서 나는 형준이 형과 지은이의 동의를 구해 셋이서 모이는 술자리를 만들었다.

난 그날의 술자리에서 멋들어지게 진행하고 각자의 이야기를 이끌어 내고 싶었지만 그런 능력 따위 내게 있을 리 없었다. 그저 눈치만 봤다. 우리의 이야기가 중심으로 근접하지 못하고 계속 곁에만 머무르는 건 아닌지, 혹여 상대방의 말 때문에 다른 누군가의 방아쇠가 당겨지는 건 아닌지. 술이 들어가자 조금씩 솔직한 이야기가 나왔다. 주도적으로 의미 있는 삶을 만들어 나가지 못할 것이라면, 그냥 책장을 덮듯 서른이라는 나이에 끝나는 것도 나쁘지 않을 거 같다는 말을 나눴다. 이윽고 형준이 형과 지은이는 서로의 생각에 대해 구체적으로 질문을 했다. 흘러가듯 하는 말도 그대로 두지 않았고, 어떤 생각을 했고 어떤 감정을 느꼈는지 물었다. 나는 그들이 하는 말을 무엇 하나 놓치고 싶지 않았다. 그들의 미세한 눈썹의 떨림이나 목소리의 탁한 정도, 그들이 사용하는 조사에 면밀히 집중했다. 그렇게 몇 번이고 그들의 말과 눈빛을 우려내면서 술을 마셨다.

그날의 술자리가 어떻게 마무리됐는지 나는 기억하지 못한다. 많은 이야기를 나누었음에도, 형준이 형과 지은이의 마음을 전부 아는 데에는 실패했다. 그들의 마음을 전부 이해하는 존재가 되고자 하는 욕심을 가졌지만, 긴 시간이 지난 지금도 나는 그런 존재가 아니다.

시간이 지난 지금 그들의 생각은 그때와 많이 달라져 있을 것이다. 그리고 난 아직도 그날의 욕심을 버리지 못했다. 그들의 마음을 전부 이해하는 존재가 되는 것, 어쩌면 평생 이룰 수 없는 일일 것이다. 하지만 난 그들의 마음을 계속 알아갈 수 있도록 묻고, 듣고 싶다. 내가 평생 나의 숙제를 안고 가는 것처럼, 그들의 숙제를 함께 하고 싶다. 다만, 섣불리 그날처럼 그들이 자신의 숙제를 빨리 풀었으면 하고 바라지는 않는다. 그저 자신에게도 숙제가 있다고 말해 주기를 바란다. 난 그들을 영원히 듣고 싶다.

계속, 내가 들을 수 있는 존재였으면 좋겠다.

나를 이기적이라고 말하는 당신이
불편한 이유

살면서 듣는 소리 중에 가장 억울한 말을 꼽으라면, '넌 참 이기적이야'라는 말을 꼽겠다. 난 그때마다 억울해서 아니라고 반박했지만, 그마저도 내가 이기적이고 자기중심적이라는 근거로 치부되며 반박당하곤 했다.

한번은, 친구와 이야기를 하고 있을 때였다. 그 친구는 평소에 내 말을 끊는 습관을 가지고 있었는데, 그날도 내가 하는 말을 끊고 자신이 하고 싶은 말을 했다. 난 그가 무의식적으로든 일부러 하는 것이든 그의 행동이 매우 불쾌했고, 이 습관은 내가 그 사람과 관계를 이어 나가는 데에 있어서 꼭 짚고 넘어가야 할 지점이라고 생각했다.

"네가 내 말을 자꾸 끊을 때마다, 존중받지 못한다는 느낌을 받아. 가끔은 모욕적이기까지 해. 다시는 그러지 말아 줘."

그러자 그는 '넌 싫어하는 걸 잘만 말한다'며 역으로 날 공격했다. 자신은 나한테 서운한 점이 있어도 참으며 지내는데, 나보고는 인내심 없이 왜 참지 못하고 말하냐는 것이었다. 사실 그는 이런 말을 꽤 했었다. 돌이켜 보면 내가 싫은 것을 분명히 말하는 상황에서, '넌 너밖에 모르는구나'라는 말을 들었던 거 같다.

그런데 왜 싫어하는 걸 말하는 사람은 이기적이라는 말을 듣는 걸까? 난 나와 가까운 사람의 행동이나 말투가 내게 상처가 될 때면 이를 가감 없이 드러내는 편이다. 사람을 앞에 두고 핸드폰을 만지작거린다거나 눈을 보지 않는 대화 태도는 나로 하여금 상대방에 대한 신뢰감을 상실케 하는 행동이었다. 나와 관계가 깊은 사람이 저런 행동을 할 때면, 내 마음속에서 그가 별로인 사람으로 전락해 버릴까 무서웠다. 그래서 그런 행동을 보일 때마다 '난 그 행동이 불쾌하니 삼가 달라'는 말을 하곤 했다. 지금의 네가 싫다고 말하는 게 아니라, '내겐 그 행동이 우리의 관계를 저해하는 요소로 받아들여지니 하지 말아 달라'는 뜻이었다. 이러한 의견을 전달할 땐 최대한 진지하게 말했다. 가볍게 말한다는 느낌을 주면, 그가 중요하게 받아들이지 않을 수 있기에. 그리고 해당 행동을 또 해서 이런 불편한 말을 반복해야 할 상황이 올 수도 있으니까. 불편할 수 있는 이런 말을 상대방에게 하는 건, 당연히 내게도 썩 유쾌한 일이 아니다. 이런 말을 하는 건 용기가 필요한 일이다. 세상에 어느 누가 행동의 자중을 요청하는 일이 쉽고 즐거울까.

하지만 재밌는 건, 여기서 사람들의 반응이 두 가지로 갈린다는 것이다. 나를 '이기적인 사람'으로 모는 사람과, 내게 '사과하는 사람'이다. 전자는 대부분 그게 왜 기분 나쁘냐로 시작해서, 나도 네 행동이 불쾌할 때가 많았지만 그런 말을 하면 네가 기분 나빠할까 봐 말하지 않았다–라는 말로 이어진다. 내 친구가 내게 했던 것처럼 말이다.

그럴 때 난 꼭 말한다. 나의 어떤 행동이 불쾌했는지 말해 달라고. 사과하고 싶다고. 이런 말을 했을 때 그들의 반응은 대부분 동일하다. 됐다고. 자신은 그런 거 하나하나 말하는 자기중심적인 사람 아니라고. 이러면서 그들은 자신들을 항상 인내하는 존재로, 나는 불평만 늘어놓는 사람으로 만든다. 단지 그 상황을 면피하기 위해서 그렇게 말한 건지, 아니면 갑자기 내게 그런 걸 말하려니까 생각이 나지 않은 건지 난 모른다. 그들이 말하지 않았기 때문이다. 말하지 않으면 난 모를 수밖에 없다.

나는 전자의 대화 방법이 불편하다. 싫어하는 걸 털어놓으며 조심해 달라는 건 결코 이기적인 행동이 아니다. 인간관계에서 상대방이 싫어하는 행동을 인지하고 그것을 행하지 않게 끔 조심하는 건 당연하다. 그렇기 위해서는 서로 싫어하는 행동이 무엇인지 공유하는 과정은 필수적이다. 물론, 누구나 '나는 그런 행동 싫어하니 조심해 달라'는 말을 들으면 당황스럽고 민망한 것이 사실일 것이다. 하지만 나와 가까운 사람이 그런 말을 하는 의도는 명확하다. 나와의 관계를 더 견고히 하고 싶어, 용기 내어 내게 말한 것이다. 그 말에 버럭 화부터 내고 받아치기보단, 당시의 감정에서 한 발짝 떨어져서 생각해 보는 게 필요하다.

후자의 사람들은 성숙한 태도를 취한다.

"내 의도는 그게 아니었는데, 불쾌했다니 미안하다."

이런 말을 하며 정중히 사과한다. 나는 그들의 이런 상냥함이 좋다. 난 그들에게 나의 행동이 혹시 불쾌한 적이 없었는지 묻는다. 내가 당신에게 악감정을 가지고 있다는 게 아니라는 사인을 은연중에 보내는 것이다. 이렇게 상냥한 사람들은 '뭐 이런 거 가지고 기분 나빠 하냐'는 생각을 하지 않는다. 타인이 느끼는 그 감정을 그대로 이해하고 인정한다. 자신의 의도가 어땠든 자신의 부족함을 먼저 부끄러워한다.

이렇게 성숙한 상냥함을 가진 이들을 보면, 존경스럽다. 이런 상냥한 사람 덕분에 나도 성숙해질 수 있었으니까. 결국 난 나를 이기적인 사람으로 만든 그 친구와 관계를 정리했다. 그가 성숙한 상냥함을 가지기를 기다릴 만한 에너지는 당시의 내게 없었기에.

그와의 관계는 끝났지만, 역설적으로 그는 내게 성숙한 상냥함의 소중함을 알려 주었다. 하지만 굳이 이런 방식으로 배우지 않아도 좋았을 텐데, 하는 아쉬움이 여전히 한 켠에 남아 있다. 나 또한 누군가에게 역설적인 존재이진 않았는지, 돌아보아야겠다.

사람 앞에 두고 3분 이상 말하면
안 되더라고요

"그럼, 강산 씨의 말은 누가 들어 주나요? 강산 씨는 자신의 아픔을 누구에게 털어놓죠?"

우울장애 진단을 받고, 항우울제와 항불안제를 복용하면서 시작하게 된 상담 치료. 상담사는 눈썹을 찡그리며 말했다. 난 대답하지 못했다. 내 얘기하는 것에 익숙하지 않았으니까.

맞다. 난 항상 듣는 입장이었다. 어렸을 때부터 소심한 성격이었던 나는, 듣는 것에 익숙했다. 누군가의 이야기를 듣는 게 재밌기도 했고, 굳이 내 말을 하지 않아도 그 시간을 보낼 수 있다는 게 좋았다. 나를 괜찮은 사람이라고 평가하는 이들은 하나같이 '이야기를 잘 들어 주는' 나의 모습이 좋다고 했다. 그리고 난 그것이 나의 장점이라고 생각했다.

물론 가끔은 듣기가 괴로운 말들도 있었다. 해달라고 부탁한 적 없는 충고, 특정 가치관이 맞다고 가르치려는 듯한 뉘앙스, 혐오적인 표현이 가득한 말들, 자신의 감정을 정제하지 않고 투척하는 태도… 그럴 때면 난 그냥 다른 상상을 했다. 저 유리잔 속의 커피는 얼마나 미지근해졌을까, 만난 지 오래된 그 친구는 지금쯤 뭘 할까, 뭐 그런 것들. 난 그들이 쏟아 대는 말들에 진심으로 답하지 않았다. 적당히 그 사람이 좋아할 거 같은 리액션을 곁들일 뿐이었다. 아, 그랬구나. 맞아요, 그렇더라고요. 그렇군요, 전혀 몰랐네요. 그러면 사람들은 날 좋은 사람이라고 평했다. 젊은 사람답지 않게 예의 바르다거나, 속이 깊다거나 그렇게. 난 그런 평가들이 나쁘지 않았다. 어쨌든 좋은 사람으로 평가받는 것이고, 기분 좋은 건 맞으니까.

　문제는 내가 힘들 때였다. 감당하기 힘든 사건, 도저히 어떻게 풀어 나갈지 모르겠는 문제, 통제가 되지 않은 감정, 평소와는 다르게 아픈 몸 등으로 힘들 땐 남의 이야기를 듣는 게 고역이었다. 쉽게 가면을 쓰고, 남이 좋아할 만한 리액션을 하던 내가 고장 나버린 거다. 표정이 굳어지고 눈을 상대방과 마주칠 수 없고 가슴은 답답해졌다. 그래도 바보 같았던 나는, 적당히 거절할 줄을 몰랐다.

　'오늘은 좀 피곤하네요. 정말 죄송한데 이만 들어가 봐야겠어요. 다음에 또 뵐게요.'

나는 이 짧은 한마디를 하지 못했다. 내 몸과 마음이 얼마나 부서지든, 그냥 상대방의 모든 말들을 받아 내었다. 그러고 나서는 집에 들어가서 내내 잠을 잤다. 연락도 받지 않고, 글도 쓰지 않았다. 오롯이 혼자 있는 시간을 즐겼다. 책을 읽거나 음악을 듣거나 산책을 했다. 그제서야 무언가 적당히 해소되는 느낌을 받았다. 그런 방법으로 혼자서 충전하고 나면, 누군가의 이야기를 들어 줄 에너지가 생겼다. 난 그제서야 '이야기를 잘 들어 주는 좋은 사람'으로 되돌아갈 수 있었다.

이런 생활이 반복되다 보니 더욱 내 얘기를 할 수 없게 되었다. 자신의 얘기를 하는 건, 결국 듣는 이에게 자신의 짐을 지우는 일처럼 느꼈으니까. 내게 자신의 얘기를 내던지며 같이 들어 달라고 하는 그들처럼 되는 거 같았으니까. 그렇게 나이를 먹을수록 상대방의 기분에 맞게 알아서 가면을 갈아 끼우는 스킬만 늘어 갔다. 그런데 가면을 갈아 끼우는 스킬이 늘어 간다는 건, 동시에 나의 이야기를 하는 방법을 배우지 못한 채 커간다는 것을 의미하는 것이기도 했다. 누군가 나의 이야기를 궁금해하면 불안했다. 나의 온전한 마음과 하고픈 만큼의 이야기를 전달하지 못할까 봐. 혹시라도 내가 말을 잘못해서 저 사람이 나를 좋은 사람으로 평가하지 않을까 봐 두려웠다.

그러다 보니 대충 뭉개서 나의 얘기를 적당히만 하게 됐다. 그러자 나의 이야기는 흥미롭지도, 재밌지도, 진심이 느껴지지도 않는 그런 얘기가 되어 버렸다. 사람들도 나의 얘기에 관심을 갖지 않게 됐고, 나도 어리숙한 내 얘기를 하는 것보다 남의 얘기를 듣는 것에 안정감을 느끼게 됐다. 그것은 좋은 사람으로 남에게 기억되고자 하는 나의 미봉책이었다.

'앞으로도 내 얘기는 일절 않고, 남의 얘기만 들어 줘야지. 그래야 난 그들에게 좋은 사람으로 남을 테니까.'

하지만 상담 선생님의 질문은 나의 이러한 미봉책을 꿰뚫는 것이었다.

"전 저의 얘기를 하는 게 아직도 두려워요. 어떻게 하는지도 모르겠고. 상담을 기다리는 10분 전부터 저는 항상 불안해요. 어떤 얘기를 어디서부터 어떻게 말해야 하는지 도통 복잡하고 답답해서요."

"좋은 사람으로 기억되고자 하는 마음은 우리 모두가 다 똑같아요. 하지만 그를 위해서 강산 씨가 과하게 희생할 필요는 없어요. 그것 때문에 당장 괴롭잖아요. 사람은 자신을 표현하고 이야기함으로써 감정의 정화 작용을 누려요. 강산 씨는 그 역할을 주변에 많이 수행해 왔죠. 그러니 이제 강산 씨가 그 정화 작용을 누릴 차례예요. 전처럼 강산 씨가 자신의 이야기만 들어 주지 않는다고 해서 어떤 사람이 떠나간대도, 별일 없을 거예요. 강산 씨의 삶이 크게 달라지지는 않을 겁니다."

정확했다. 난 내가 사랑받고자 나를 파괴하고 있었던 거다.

입을 다물고 이야기를 들어 주지 않으면, 사람들에게 내쳐질 거라는 불안. 난 그걸 극복해야 했다.

난 그 후로 내가 받아 낼 수 있는 만큼의 이야기만 듣기로 했다. 인간관계에서 갈등을 겪고 있다고 주야장천 몇 개월 동안 카톡을 보내 오는 후배에게, 장문의 답장을 보냈다. 나한텐 할 얘기가 그것 말고는 도통에나 없는 거니. 네 감정을 계속 받아 내고 있는 나에 대해 생각해 보기는 했니. 내 얘기는 궁금하지도 않니. 용기가 필요한 일이었다. 후배는 미안하다고 말했다. 자신의 이야기를 선배가 잘 들어 줄 때마다 당신은 나의 사람이라는 확신이 생기길래, 그것을 확고히 하고 싶어서 그랬다고 말했다.

하루는 연락이 뜸하던 친구가, 갑자기 통화로 자기 얘기를 20분 넘게 늘어놓았다. 난 3분이 지나면서 생각했다. 더 이상은 이 친구의 말이 내게 짐이 된다고. 친구에게 딱 잘라 말했다. 몇 분 동안 네 얘기만 하는 거냐. 자꾸 갑자기 전화해서 그렇게 일방적으로 감정을 쏟아 낼 거면, 이만 끊자. 또 하루는, 오랜만에 한 친구를 만났는데, 그는 자신의 친구가 일하는 식당으로 나를 데려갔다. 그의 이야기가 끝나고 내가 나의 이야기를 시작했는데, 그는 서빙하고 있는 자신의 친구와 눈빛을 주고받으며 장난치느라 내 이야기엔 전혀 집중하지 않았다. 내가 그의 얘기를 들었던 만큼의 3분의 1도. 난 밥을 적당히 먹고 이만 헤어지자고 말했다. 그리고 그 친구와 다시는 연락하지 않는다.

누군가에게 당신의 얘기를 듣고 싶지 않다고 말하는 게, 쉬운 일은 아니다. 그 누군가가 나보다 나이가 많거나 직장에서 엮이는 존재라면 더더욱 그렇다. 그럴 때면 나는 가면을 벗고, 지루하다는 표정을 짓거나 한숨을 내쉬거나 하품을 하는 등의 비언어적 표현으로 메시지를 던지는 방법을 행한다. 그럴 때면 눈치 빠른 사람들은 말을 멈추고 이내 그 자리를 종결한다.

이러한 과정을 통해 내가 얻은 건 꽤 많은데 그중 가장 기쁜 게, 대화가 가능한 사람에 대한 감사함이다. 내가 자신의 이야기를 들어 줌에 감사함을 느끼고, 나의 말을 진심으로 들으며 서로 대화해 주는 그런 사람. 난 그런 사람을 더욱 좋아하고 소중히 대하기 시작했다. 그와 나누는 우울함, 불안함, 분노, 슬픔이나 기쁨까지 전부 감사한 일임을 알게 됐다.

말을 아끼는 사람에게 대화를 먼저 거는 사람. 자신의 말이 타인에게 짐이 되진 않을는지 경계하는 사람. 표현과 태도를 점검하면서 배려를 놓지 않는 사람. 내가 얘기할 때 대화의 흐름을 잠시 멈추더라도, 자신이 이해 가지 않는 부분을 짚어서 되묻는 사람. 존중이 항상 배어 있는 사람.

그런 사람들이 내겐 더 깊이 집중할 수 있는 사람이란 걸 이제야 알아 가고 있다.

그런 대화를 하는 사람을 사랑하고 싶고, 나도 그런 대화를 하는 사람이고 싶다.

나에게 동성 친구가 없는 이유

"강산아, 넌 남자애들이랑 좀 친해질 필요가 있어."

스무 살, 유난히 여자애들과 친한 나를 보고 친구가 말했던 적 있다. 남자 동기들이 너를 궁금해하는데 너도 좀 더 애들한테 가깝게 다가가 보면 어떻겠느냐, 정도의 말이었던 거 같다. 당시에 나는 여성 친구들이 많았다. 유난히 여초였던 학과 성비 탓일 수도 있겠고, 운동 동아리에 들어가지 않은 탓일 수도 있겠다.

여하튼, 친해질 동성과는 자연스레 친해질 수 있을 거라 생각하고 대수롭지 않게 생각했었다. 당시엔 나랑 코드가 잘 맞아 보이는 남자 친구들이 많이 보이지도 않았을뿐더러 공을 들여 사귀어야 할 필요성을 느끼지 못했던 거 같다.

그러다 보니, 졸업할 시기에 가까워졌어도 남자 친구들이 여전히 적었다. 남고를 나왔으나, 동창들은 거의 지방에서 지냈기에 자주 만날 수 없었고 대부분은 연락이 끊겼다. 대다수의 대학 친구들은 여성이었고 대외 활동을 통해 연락하게 된 친구들도 여성이 압도적이었다. 군대에서 만난 사람들도 전부 전역과 동시에 인연이 끊겼다. 그제서야 나도 조금씩 동성 친구가 없다는 사실을 깨닫고 스스로 어색함을 느꼈다.

그러다 대학 예비군 훈련 때 내게 카운터 펀치를 날리는 사건이 일어났다. 학과 남학우들과 친하지 않은 탓에 어색한 시선과 말투를 컨트롤하지 못해 애를 먹었다. 얼굴과 이름은 아는 사이지만 이야기를 나눠 보지 않아서, 과 동기들과 나는 서로를 어색해했다. 같이 밥을 먹어도 몇 마디 나눌 수 없었고, 조를 짜서 훈련을 할 때에도 마찬가지였다.

"강산아… 그 도시락 여자친구가 싸준 거야?"

"아… 아니. 그… 그냥 친구가 싸줬어…! 넌?"

"아, 난 여자친구가. 음… 너 여자친구 없구나…?"

"으응… 부럽네~. 오늘 진짜 덥다 그치?"

"그러게. 훈련 힘들다…."

정말 숨이 막혀서 식도로 굴러가던 도시락이 코로 나올 지경이었다. 정말 오랜만에, 누군가와 갖은 노력을 쥐어짜내 대화하는 경험을 했었다. 그날 후로 나의 인간관계를 돌아보게 됐다. 나는 넓은 관계를 가진 사람은 아니었다. 낯을 가렸고, 인간관계 스킬 따위는 몰랐다. 스무 살 때 친해진 친구들과만 여전히 친했다. 딱히 더 많은 친구들이 필요하다고 생각하지 않았고, 그 친구들만으로도 인간관계에서의 만족감을 느꼈다. 이런 방식이 이어지다 보니까, 인간관계가 좁았지만 단단해졌다. 하지만 그렇기 때문에 역설적으로 다른 인간이 낄 틈이 없었다. 이는 비단 동성이나 이성의 문제가 아니었지만, 형성된 관계의 성비는 여성이 압도적이었다.

난 그 후로 동성 친구들을 만들려고 노력했다. 나도 남자지만, 보통의 남성들은 뭘 좋아하고 어떻게 하면 가까워지는지 관찰했다. 게임이나 여자 연예인 얘기, 술자리나 시답잖은 농담이 주를 이뤘다. 난 그런 게 익숙하지 않기에 익숙해지려고 남학우들 모임에도 들어가 술자리도 가지고 농담도 나눴다. 어떻게든 무리에 끼려고 했던 미운 오리 새끼가 이런 마음이었을까. 난 어설프게 어른인 척 옷을 입은 청소년 같았다. 분명 같은 공간에 있고 같은 시간을 보냈지만 불편했다. 나도 그들도 진심으로 즐겁지 않았다. 결국에 난 그들과 어울리지 못했다. 불편한 시간을 몇 차례 나눈 이후로, 그들도 나도 구태여 시간을 들여 서로를 만나려 노력하지 않았다.

나는 일종의 죄책감이 생겼다. 왜 내 또래의 동성들과 어울리지 못할까? 왜 그들과 다르게 태어난 걸까? 그 생각의 끝은 항상 내 부족한 보편적 남성성을 탓하는 것으로 끝났다. 그렇게 보편적 남성성에 대해 생각하게 됐다. 스포츠를 좋아해야 하고 위계적 질서에 잘 편입할 수 있어야 하며, 단체로 어울려 노는 것을 좋아해야 하는 것. 이 중에 그 어떤 것도 나에게 해당되는 것은 없었다. 난 스포츠를 좋아하지 않았고, 위계적 질서에 빨간 깃발을 드는 걸 즐겼으며, 단체보단 소수 혹은 혼자가 더 편했다. 어쩌면 나는 보편적 남성성이 전혀 없는 사람이었다. 도대체 누가 내 남성성을 훔쳐 간 것일까? 태어날 때부터 없었던 것일까? 그렇다면 난 남성이 아닌 것일까?

아니다. 난 그냥 '그런 남성'이었다. 관습적으로 대표 되어 온 '남성성'의 요소들에 나도 모르게 학습되어 온 것이었다. 관습적으로 형성되어 온 '여성성'과 '남성성'이 사회적으로 굳어지는 것에 대해 굉장히 반대하는 편이지만, 사람들이 그것을 보편화시켜 타인을 분류하는 걸 막을 수는 없다는 것도 잘 알고 있었다. 어쩌면 난 그런 보편적인 남성이 아니라 소수적인 특성을 지닌 남성이었지만, 스스로를 그렇지 않다고 믿고 싶었던 거 같다. 내가 소수라고 인정하고 싶지 않았던 건, 주류에 편입되지 못하면 어딘가 이상하고 모자란 사람이 되는 거 아닐까 하고, 생각했기 때문이다. 하지만 되짚어 보면, 소수라고 해서 이상한 점은 그 어디에도 없었다. 그냥 다수보다 좀 수가 적은 것뿐이다. 어디에도 피해를 주지 않고 그 어떤 것도

망치지 않으니까. 어디에나 보편적이고 다수인 것은 있고 그 뒷면에는 항상 소수가 존재한다. 그리고 소수는 적은 표본이기에 더 끈끈히 결합될 수 있다. 굳이 그 소수에 의미를 부여해 보자면, 난 적은 표본에서 더 끈끈히 결합된 사람이라고 정의 내리고 싶었다.

생각이 그쯤에 미치자 다수이자 주류에 편입되어야 하고, 보편적인 사람이어야 한다는 강박을 벗어던지기로 했다. 내가 소수임을 인정하기로 했고, 그렇다고 해서 어딘가 나쁘거나 모자란 사람이 아니라는 것도 인지하기로 했다. 사회적으로 알게 모르게 학습화 되고 관습적으로 형성된 '일반적'임에 내가 해당되지 않는다고 해서 불행할 필요는 없으니까. 난 나 자신에게 일반적이어야만 한다고 관철시키지 않는 것을 선택하기로 했다.

그제서야 내가 조금 다른 소수일 수 있다는 걸 인정했고 좀 편해졌다. 그냥 난 '그런 남자'인 걸로 정의 내리기로 했다. 그렇게 나를 인정하고 사랑하기로 했다. 어쩌면 지금도 나를 연습하는 중인지도 모르겠다. 나 자신을 이상하게 생각하지 말자고. 혹여나 나와 같이 일반적이지 못해서, 주류나 보편성에 포함되지 않는다고 해서 힘들어하는 사람이 있다면 같이 손잡고 우리를 연습하자고 말하고 싶다.

그래도 난 친절한 사람이 좋다

    살면서 수많은 불친절을 맞닥뜨린다. 하지만 대부분의 불친절함은 '무례함'과 '다정하지 않음'의 경계에 서 있기 마련이다. 무례함에 대해서는 충분한 분노와 응당한 조치를 해도 되지만, 다정하지 않은 것은 그러기 힘들다. 다정하지 않다는 것은 기분 나빠 해도 되는지에 대한, 정당한 근거가 부족하다는 것으로 점철되는 거 같다. 나는 이 애매한 맥락에 빠져 나의 감정을 추스르지 못한 적이 많았다.

    대학생 때 잠깐 인턴으로 일했던 회사의 첫 출근 날이었다. 나는 지문을 스캔해야만 열리는 사무실 출입문을 열지 못해서 문 앞에서 서성거리고 있었다. 그러다 현관에서 같은 회사 직원으로 보이는 사람이 다가오길래, 웃으며 말했다.

"안녕하세요! 오늘부터 마케팅 팀으로 출근하기로 한⋯."

"아, 네."

삐빅-.

그 직원은 지문을 찍고 문을 열었다. 뒤에 서 있는 나를 위해 문을 잡아 준다든가 하는 그런 배려는 없었다. 그래, 사회는 차가운 거야. 모두가 나한테 관심을 가진다거나 배려해 줄수는 없지. 이런 것에 기죽지 않겠다고 다짐하며 사무실로 들어섰다. 난 어색한 입꼬리를 들어 올리며 인사했다.

"안녕하세요! 오늘부터 출근하기로 한 A입니다!"

바로 앞에 앉은 직원은 내 얼굴을 쳐다보지도 않았다. 멀리 앉은 앳되어 보이는 남자가 안경 위로 날 힐끔거릴 뿐이었다.

"네."

정말 놀랍게도 저 멀리서 건조한 대답이 돌아왔다. 누군가 컴퓨터 화면을 들여다보면서 대답한 것이다. 아, 뭐지. 이건 아닌데. 내가 예상했던 몇 가지 시나리오 중 이건 없었는데.

시나리오 A.

'아, 여기는 신입 사원 A 씨예요. 자, 다들 인사 나눠요-, 이쪽은 B고요, 이 분은 C예요. 이렇겐 같은 팀이니까 앞으로 잘해 봐요!'

누군가가 나서서 이렇게 소개해 주고, 팀끼리 모여 인사를 나눈 후 숙지해야 할 것들을 인수인계해 주는 그림. 그러면 난 웃으면서 반갑습니다, 잘 부탁드려요, 열심히 하겠습니다— 뭐 이런 인사치레를 하고 내 자리를 배정받는 그런 장면으로 자연스레 이어지겠지.

하지만 직장에 친절한 사람만 있지는 않을 수도 있다. 그래서 난 두 번째 시나리오도 구상해 머리에 넣어 놨었다.

시나리오 B.

동물원에 갇힌 원숭이를 쳐다보는 듯한, 그런 무표정으로 날 보는 사람들. 그리고 거기서 난 뻘쭘하게 웃으며 날 소개한다. 사람들은 무표정인 채 '일 제대로 못하거나, 건방지면 혼내 줘야지—'라고 벼르고 있는 듯한 반응. 난 자대에 처음 배치된 신병이 되어 그들의 맘에 쏙 들기 위해 고군분투한다.

그래 오케이. 이 정도 마음가짐이면 어떤 상황이 와도 문제없을 거라고 생각했다. 하지만, 이건 예상하지 못했다. 그 누구도 내 얼굴을 쳐다보지도 않고 컴퓨터 화면만 보는 이런 상황 말이다.

이윽고 귀찮은 듯한 표정의 인사 담당자가 자신의 자리에서 나와, 나를 빈 책상으로 데려가 앉아 있으라고 말했다. 책상에는 맥북이 놓여 있었다. 한 번도 다뤄 본 적 없지만, 자연스럽게 초기화 작업을 하고 계정을 만들었다. 내 직무를 수행하면서 필요한 프로그램을 설치하기 위해 계정 권한을 담당 부서에 요청하고 어떤 툴들을 먼저 이용할 수 있는지 물었다. 정말 놀랍게도 이 작업이 이루어지는 1시간 동안 그 누구도 내게 말을 걸거나, 와이파이 비번이 어떻다거나, 몇 시까지 뭘 하라거나 이런 말을 일러 주는 사람은 없었다.

카톡을 하며 1시간 반쯤 시간을 죽였을까, 맞은편 책상에 있던 직원이 내게 다가왔다. 아, 드디어 내게 말을 걸어 주는구나. 정말 좋은 사람이다. 너무 반갑다. 다짜고짜 내게 화를 낸다고 해도 말 걸어 주셔서 감사합니다, 하면서 웃을 수 있을 정도의 반가움이었다. 그리고 그 사람은 내게 말했다.

"마케팅 팀이시죠? 네, 저는 마케팅 팀 팀장 B이구요. 조금만 더 앉아 계세요."

아, 팀원이 새로 왔는데 팀장이란 사람은 쳐다보지도 않고 1시간이 지나서야 말을 걸다니. 이건 정말로 내가 각오한 시나리오와는 영 딴판이었다. 충격이 채 가시지도 않을 무렵, 난 적당히 그들과 인사를 하고 바로 업무를 배당받았다. 그 팀장은 '일을 어디까지 끝내고 퇴근하라'는 말도 없이 먼저 퇴근해 버렸고, 나와 내 동기는 업무를 익히고 수행하느라 10시까지 야근을 했다.

뭐, 그때의 첫 출근 기억은 이 정도이다. 그 회사의 조직 분위기가 그랬다. 기간을 채워 퇴사를 할 때까지도 별다른 변화는 없었다. 당시 퇴사를 하고 나서 심리적으로 큰 위기를 맞았다. 그래도 나에겐 첫 회사 생활이었는데, 순진하게 너무 많은 것을 기대한 내가 바보같이 느껴졌다. 이런 일을 주변 친구들에게 말하면, 새로운 사원을 맞아 주는 따뜻함이 부족한 그들을 같이 탓해 줬다.

하지만 꼭 회사가 아니어도 이런 일은 흔하게 일어나기 마련이다. 카페에서 아르바이트할 때의 일이다. 막 들어온 나는, 커피를 제조하는 법을 몰라서 설거지를 하거나, 주문을 받고 이를 포스에 입력하는 일을 한동안 맡아서 했다. 손님이 없을 땐 문밖에 지나가는 사람들을 구경하고는 했다. 그러다 나보다 훨씬 오래 근무한 알바가 내게 말했다.

"멍 때릴 시간 있어요? 포스 안에 메뉴 위치 외워요."

그는 쓱 하고 자기 갈 길을 갔다. 그의 말은 틀린 것이 하나도 없다. 근무시간이었고, 손님이 없을 때 업무 숙지를 해놓는 게 당연했다. 하지만 그의 차가운 태도에 마음이 좀 아팠다. 이건 내가 정당하게 화를 낼 수 있는 무례함이 아니었다. 그저 그의 불친절함이었다.

"포스 안에 메뉴 위치가 많이 헷갈리니까, 손님 없을 땐 그거 외우고 있으면 좋아요~."

그는 이런 식으로 말하지 않는, 그저 덜 다정한 사람일 뿐이었다. 언젠가 카페 매니저가 내게 말한 적이 있었다. 워낙 많은 사람들이 들어왔다가 오래 머무르지 않고 나가니까, 일을 알려 주는 선임들도 '쟤도 금방 나가겠지'라는 생각에 정을 주지 않는 경우가 많다고. 난 그들이 어떤 사람을 만났고, 어떤 인생을 살았고, 어떤 경험을 해서 어떤 생각을 가지게 됐는지 전혀 모르기에 그런 불친절이나 다정하지 않음에 무어라 불만을 가질 수 없었다.

그래도, 나는 친절한 사람이 좋다. 살면서 내가 만난 친절한 사람의 수는 불친절한 사람보다 적다. 하지만 친절한 사람들에게 받은 배려심과 따뜻함을 지금도 기억하고 있으며 여전히 감사하게 생각한다. 친절함을 베풀던 그들의 맑은 눈빛을 지금도 기억한다. 그들로 인해 나도 더 친절하게 살고자 하는 마음을 갖게 됐다. 어디서 주워들은 건데, 플라톤은 우리가 만나는 모든 사람이 현재 그들의 삶에서 가장 힘겨운 싸움을 하고 있다며, 모든 사람에게 친절하라고 말했다고 한다. 가끔 본인의 차가움과 불친절함을 자신을 위한 행동이라고 생각하는 사람이 있다. 남에게 불친절한 것이 정말 나에게 이로운 것일까? 어떤 도움이 되는 걸까? 난 잘 모르겠다. 그것이 나의 정서를 긍정적으로 바꿔 주지 않을뿐더러 나의 주위 사람들에게도 마찬가지라고 생각한다.

처음 본 동료에게 웃으며 반겨 주는 사람, 무언가를 알려줄 때 상대의 기분을 배려하며 말하는 사람, 내 얼굴에 묻은 속눈썹을 떼어 주고 싶은데 어떻게 말해야 할지 몰라 전전긍긍하는 사람, 어떻게 해야 상대의 기분을 그르치지 않고 말할 수 있는지 고민하는 사람, 지하철 임산부석에 앉은 사람에게 양해를 구하고 서 있는 임산부를 앉게 해주는 사람, 누군가의 글을 읽고 잘 읽었다며 평을 남겨 주는 사람, 자신과 다른 생각을 가진 이에게 '이런 생각도 있군요. 처음 알았는데, 덕분에 알게 됐네요. 고맙습니다'라고 말하는 사람.

난 정말이지 불친절한 사람이고 싶지 않다. 나를 위한다며 타인에게 뿌려 버리는 불친절은, 결코 내 마음에 편안함을 가져다주지 않는다. 친절한 사람은 친절함을 제공받은 당사자에게도, 친절하게 살고 싶은 마음을 가져다준다. 난 그들이 조용하지만 명확하게, 느리지만 분명하게 세상을 바꾸는 사람들이라고 생각한다.

난 오늘도 조금 더 친절한 사람이 될 거라고, 친절한 사람을 더 사랑할 거라고 다짐한다.

엄마, 이제는 행복하게

    그녀는 1962년 광주에서 태어났다. 4명의 오빠를 둔 막내 딸. 그녀의 유년기는 행복하지만은 않았다. 집안은 매우 보수적이었고 오빠들은 엄했다. 저녁 6시가 넘어서 귀가하면 가차 없이 혼났다. 이유는 '여자가 늦은 시간에 돌아다니면 위험하니까'였다. 늦은 시간에 돌아다니면 위험한 게 그녀의 탓은 아니었지만 그녀는 혼나야 했다. 반면에 그녀의 오빠들은 늦게 들어오는 경우가 많았다. 그녀는 어째서 자신만 통금 시간이 있어야 하는지 불편했지만, 혼나지 않기 위해서 일찍 다녀야만 했다.

    그녀가 고등학생 때, 총으로 무장한 군인들이 총검을 들고 탱크를 타고 쳐들어왔다. 거리에는 아이들의 웃음소리가 없어졌고, 총성이 뒤덮었다. 그녀의 오빠들은 시위를 하러 나갔다. 그런 그녀의 오빠를 어디에 숨겼냐고, 한 군인이 들어와 총을 들이대며 그녀와 그녀의 부모를 위협했다. 그 군인은 그녀의 집 다락방을 뒤졌지만, 다행히도 그녀의 오빠를 찾지는 못했다. 이후에도 밖에서 들리는 총소리 때문에 그녀는 이불을 뒤집어쓰고 두려움에 떨며 지내는 날이 많았다. 그녀는 목숨을 빼앗길 수도 있다는 생각에 한 발짝도 나갈 수 없었다.

시간이 흘러, 그녀는 대학 시험을 치르고 친구들과 목포로 여행을 갔다. 그때 불량해 보이는 그와 그의 무리가 다가왔다. 그 남자들은 함께 놀자고 청했다. 그녀는 적당한 시간을 보내다가 그 무리와 헤어졌지만 얼마 가지 않아 광주 시내에서 그를 또 마주쳤다.

그는 광주에서 대학을 다니는 학생이었고 그녀를 단번에 알아봤다. 그녀는 그가 썩 맘에 들지 않았지만 그는 끈질겼다. 같이 밥을 먹자고, 영화를 보자고, 술을 마시자고 했다. 어느 날 그와 그녀 사이에 아이가 생겼다.

그녀는 여자가 순결을 잃으면 끝이라는 집안 때문에 집에 돌아갈 수도 없었다. 그래서 그와 지냈지만 그는 시골 출신이자 농부의 막내아들이었으며, 가난한 대학생이었다. 그는 자신의 친구와 조그만 자취방에서 지내고 있었다. 그녀는 임신한 몸이었지만 좁은 그의 자취방에서 지내며 하루에 한 끼, 그것도 라면으로만 버텼다. 그는 군 문제를 해결하기 위해 입대를 했다. 그녀는 남편 없이 시부모를 찾아가 아이를 낳았다.

낳은 아이는 딸이었다. 그 아기는 낮에는 새근새근 잘 잤지만, 밤에는 울어 댔다. 덕분에 그녀는 낮에 시부모를 도와 논밭 일을 하고 밤엔 아기를 봐야 했다. 시부모는 그녀의 그런 노고를 알지 못했다. 낮에 울지도 않고 잘 자는 아기를 보고 "예쁜 애가 예쁜 짓만 한다"고 말할 뿐이었다.

그녀의 시부모는 손자를 원했다. 그녀는 더 이상 낳고 싶지 않았지만 시부모는 우리 아들 대를 끊어 놓을 생각이냐며 그녀를 다그쳤다. 그렇게 그녀는 다시 아이를 가졌지만 딸이었다. 힘들게 출산을 했지만 그녀의 시모는 또 딸이냐며 눈길도 주지 않고 문을 닫고 나가 버렸다. 뒤이어 갖게 된 아이도 딸이라는 진단을 받았다. 그녀는 정말이지 더 이상을 아이를 기를 수 없을 거 같다고 생각했다. 그도 딸을 그다지 반기지 않는다고 느꼈다. 아이를 지워야 할까 고민했다. 그때 배 안의 딸이 그녀의 배를 발로 찼다. 그녀는 그런 딸을 도저히 지울 수 없었다. 그렇게 그녀는 셋째 딸을 낳았다. 그럼에도 아들을 낳아야 한다는 시댁의 압박은 도무지 그치질 않았다.

그렇게 그녀는 네 번째 임신을 했고 역사상 가장 더웠다는 1994년의 8월 8일에 남자아이를 낳았다.

그게 끝이 아니었다. 네 명의 아이를 기르는 삶은 매우 힘든 삶이었다. 아이들은 그녀의 뜻대로 크지 않았다. 각자의 사춘기를 거치며 속을 썩였다. 그래도 다행인 건, 그녀의 바람대로 그들은 전부 대학을 갔고 서울에서 직장을 잡았다. 갖은 역경을 딛고 네 명의 자식을 서울로 보낸 그녀는, 그와 함께 거친 삶을 이겨 내면서 조금씩 안정돼 갔다.

그즈음 시부모가 아프기 시작했다. 자식들을 키워 놓으니 이제 시부모를 돌봐야 하는 삶을 살게 된 것이다. 몇 년이 흘렀을까, 시부모가 세상을 떠났다. 가족 모두는 그녀에게 그동안 고생했다고 했다. 그도 그녀에게 감사한 마음을 가지고 있었다. 그리고 이제 그녀는 아흔이 넘어 홀로 지내는 어머니를 모시고 산다.

그녀는 나의 어머니고 그는 나의 아버지다. 난 그녀의 청춘을 갉아먹고 자라난 막내아들이다. 이 세상에서 여성으로서 사는 삶이 얼마나 큰 위험과 불행을 안고 사는 것인지 조금이나마 가늠하게 됐을 때부터, 난 엄마의 삶이 슬프게 느껴졌다. 왜 엄마는 가족을 위해 희생해야만 하는 삶을 살아야 했을까. 엄마는 옷에도 관심이 많았고 직접 담근 김치를 팔고 싶다는 생각도 했었다. 엄마는 다시 태어나면 여자가 아니라 남자로 태어나고 싶다고 했다. 멋진 직업을 가져서 스스로 돈 벌고 혼자 잘 사는 삶을 살아 보고 싶다고 했다.

내겐 그런 엄마의 말이 아프게 다가온다. 엄마는 자신의 직업과 진로를 고민할 시간도, 꿈을 꿀 여유도 없이 살아야만 했다. 엄마는 가족을 위해 희생해야만 하는 삶을 살았다. 엄마를 불쌍한 존재로 만들어 버리기 싫지만, 그런 엄마가 애처롭게 느껴질 때가 많았다. 언젠가 엄마랑 단둘이 술을 마실 기회가 있었다. 그리고 엄마는 술에 취해 말했다.

"엄마는 우리 자식들에게 존경받는 삶을 살았을까? 엄마는 돈도 안 벌었고 배운 것도 많지 않은데. 그런데도 너희들에게 존경받는 사람일까?"

한 평생 몸과 마음을 다 바쳐 키운 자식들에게 존경받는지를 의심하는 엄마. 자신의 삶을 존경받을 만했다고 당당히 자부하지 못하는 시간을 버텨 내야만 했던 엄마. 난 그런 엄마의 말을 듣고 가슴이 무너져 내리는 것 같았다.

나도 술에 취해 대답했다.

"엄마, 단 한 번도 엄마를 존경하지 않은 적이 없어. 엄마는 엄마가 이루고자 하는 것들을 전부 이뤘어. 엄마가 우리 엄마라서 얼마나 행복했고, 행운이었는데."

평생 해보지 않은 말이었다. 엄마가 어떤 것들을 더 이루고 싶어 했는지 제대로 모르면서도, 그냥 그런 말을 하고 싶었다. 엄마에게 힘이 되는 말 한마디 해보지 못한 용기 없는 아들의 진심은 술에 취해서나 나오는 것이었다. 나의 대답을 듣고 엄마는 나를 끌어안았다. 그러자 유난히도 엄마를 닮은 나의 눈에 눈물이 차올랐다.

나의 대답은 오만했다. 엄마가 어떤 삶을 꿈꿨는지, 난 모른다. 엄마는 이루고자 했던 꿈들을 묻어 놓은 채 살아야 했을 것이다. 그래도 난 감히 말하고 싶었다. 이루고자 했던 걸 이룬 삶이라고 말하고 싶었다. 그렇게라도 엄마를 위로하고 싶었다. 무뚝뚝하고 못난 아들의 변명이다. 다만 엄마가 자부할 정도로 존경스러운 삶을 살았다고 생각하길 바랄 뿐이었다.

사실은, 할 수만 있다면 시간을 되돌리고 싶다. 엄마가 너무 많은 시간을 희생하는 동안, 엄마 머리에 하얗게 쌓여 버린 눈들이 야속해서 그렇다. 그렇기에 난 엄마의 남은 인생을 축복한다. 엄마가 하고 싶었던 걸 지금부터라도 조금씩 해나가면 좋겠다. 더 이상 시댁 눈치, 자식 걱정하지 말고 마음껏 꿈꾸고 행복했으면 좋겠다. 난 엄마의 막내아들이자 동반자로서 남은 시간을 응원하고 지지하며 함께하고 싶다. 내가 훔친 엄마의 청춘을 어떻게든 갚아 내고 싶다.

최선을 다해 그녀를 사랑하면서 말이다.

2부

내일이 다가올까 두려울 때

서울에서 자취방 구하다가 토했어요

　그 날은 서울에서 자취방을 구하려고 마음먹은 날이었다. 부동산 앱을 3개 깔았고 내 예산에 맞는 방을 한참 동안 찾았다. 그 앱들에 실린 사진은 정말 다양했다. 드라마에 나오는 방처럼 깔끔하게 리모델링 된 방도 있었고, 세상의 온갖 곤충들과 친구를 맺을 수 있을 정도인 방에 세를 낸다는 게 양심상 가능한 일인지 궁금해지는 방도 있었다. 그러다 적당히 양보할 수 있는 선까지 타협한 방들을 골라서, 몇 곳의 부동산에 연락을 했다. 그 주 금요일을 통으로 비워서 신림동에서 강서, 광진구까지 지하철로 이동하면서 중개인들과 만났다.

　하지만 내가 골랐던 방을 보여 주는 부동산은 많지 않았다. 대개 방금 계약이 됐다거나 단기 계약만 가능하다는 말을 했다. 대신 비슷한 방들을 보여 주겠다며 나를 여기저기 데리고 다녔다. 그중 몇 곳은 정말 간신히 누울 수 있는 정도의 비좁은 방이었고, 벽지조차 발려 있지 않은 방도 있었다.

"어떻게 이런 방을 돈 받고 세놓을 생각을 했대요?"

나는 농담조로 물었다. 물론 약속한 방과 다른 방을 보여 주냐는 중개인에 대한 섭섭한 마음을 어느 정도 녹여 내어 한 말이었다.

"그런데 고객님 예산으로는, 이 정도 방도 괜찮은 편에 속하거든요."

본인이 보여 준 방에 만족하지 않은 내 모습을 눈치챈 중개인이 답했다.

"아, 그런가요. 앱에서 봤을 땐 이 정도는 아니던데."

기가 죽었지만 괜히 그에게 지기 싫어 나도 한마디를 했다.

그러자 중개인은 점차 컨디션이 더 나은 방들을 보여 주기 시작했다. 몇몇 중개인들은 안 좋은 방을 먼저 보여 주고 좋은 방을 나중에 보여 줘서 계약을 유도하는 전략을 구사한다더니, 과연 그 소문이 맞았다. 그가 늦게 보여 준 비싼 방은 신축 건물에 깔끔한 벽지와 큰 창을 가지고 있었다. 역시나 좁은 건 매한가지였지만, 그래도 벽지가 제대로 발려 있었고 건물 주변은 누군가에게 비명횡사당할 거 같은 으슥한 분위기가 아니었다. 문제는, 월세가 너무 비쌌다는 거다. 매달 65만 원에 달하는 돈을 고정적으로 지출해야 한다고 생각하니 머리가 지끈거렸다. 이는 곧 지출 능력이 없는 나에 대한 원망으로 이어졌으며 스스로에 대한 억울함과 화가 솟구쳤다.

방 구경을 끝내고 중개인은 나를 지하철역 근처로 데려다줬다. 그는 내가 계약을 하지 않을 거라는 걸 이미 예상한 거 같았다. 그와 어색한 인사를 하고 헤어지고 나서, 괜히 휴대폰을 켜 뒤적였다. 어딘가 냉정하게만 느껴졌던 중개인의 뒷모습이 흐려질 때 즈음, 그냥 지하철역 주변을 잠시 걸었다. 그날은 몇 십 년 만의 더위라고 뉴스에서 엄청 떠들던 날이자, 내 생일 전날이기도 했다. 물 한 모금 마시지 못하고 다른 동네로 넘어가 또 다른 중개인과 방을 봤다.

그리고 저녁이 됐다. 해가 지니 조금 시원해졌다. 내가 마지막으로 본 방은 강서구의 반지하였다. 지하철역 건너편 스타벅스가 보였다. 저 스타벅스 안에 있는 사람들은 다 어디에 사는 걸까? 내가 저기에 앉아 있을 때, 다른 누군가도 나를 보며 이런 생각을 했을까? 잠깐 생각하면서 다음 지하철역을 향해 걸었다. 세 개 정도의 역을 지나치니 다리가 아파 왔다. 내가 가진 보증금으로는 지상에 살 수 없다던 마지막 중개인의 말이 떠올랐다. 그러자 나는 지하가 아니고서야 살 수가 없는 사람이라는 생각이 들었고 무력해졌다. 고개만 돌리면 아파트와 집들이 저렇게 많지만, 나에게 허락된 곳은 아니라는 게 괜히 억울했다. 답이 없는 생각이 뒤엉키니 계속 걷고 싶어졌다. 지하철역 다섯 개는 지났을까, 이제 진짜로 집에 가야지 생각했을 때 그만 울컥, 근처 화단에다 토를 하고 말았다. 오전부터 이곳저곳 다니느라 힘들었던 몸이 지쳐 버려서 그랬던 걸까. 지하철역 화장실로 들어가 씻고 정신을 좀 차린 후에 지하철을 탔다. 오래 걸어서 그런지 옷에 땀이 많이 묻어 있었다.

잠깐 얹혀살던 누나 집에 도착했고, 꾀죄죄한 내 꼴을 본 누나가 왜 그렇게 땀에 절어 있느냐고, 씻으라고 말했다. 많이 걸어서 그렇지 뭐ー 대답하고 샤워를 했다. 샤워기에서 나오는 물로 몸에 묻은 땀들을 씻어 내면서, 그래 오늘 참 많이도 걸었지 생각하는데 문득 거울 나라의 앨리스 동화가 떠올랐다. 붉은 여왕은 앨리스한테 말한다. 이곳에서는 계속 뛰지 않으면 제자리에 있을 수 없다고. 힘껏 뛰어야 겨우 제자리에 머물 수 있다고. 어디론가 가고 싶다면 두 배로 빨리 뛰어야만 한다고. 그러자 나는 걷기만 해서 이렇게 뒤로 밀려난 게 아닐까ー 하는 생각이 들었다. 오늘처럼 걷는 게 힘들다고 토하고 이러면 안 되겠구나. 그건 나약함이구나. 제자리에라도 있으려면 뛰어야겠구나, 하는 생각들이 머리를 떠나지 않았다.

몸에서 나오는 끈적거리는 땀들은 씻겨 내려갔지만, 생각은 오히려 더 끈적이며 머릿속에서 엉겨 붙었다. 샤워를 마치고 몸의 물기를 닦고 선풍기 바람 앞에 누웠다. 부동산 정책이 어떻고 집값이 천정부지로 치솟고 하는 그런 세상에서, 나는 너무 순진하게 살고 있다는 생각이 들어 기분이 좀 가라앉았다. 최선을 다해 뛰지 않으면 얹혀사는 집의 선풍기 앞에 누워 있는 삶은 변하지 않겠구나 하는 생각이 들었다.

나는 얼마 안 가 결국 광진구의 작은 투룸을 계약했고 룸메이트를 구했다. 50만 원의 월세를 반씩 부담하니 생활비 절약에 도움이 됐다. 곧이어 취업을 하게 됐고 학자금을 다달이 갚으며 그럭저럭 먹고살 만큼 벌게 됐다. 하지만 내가 사는 방은 누군가 비명횡사해도 모를 만큼 깊고 지저분한 골목길에 위치해 있다. 옆집이 싸울 때면, 그 골목에 소리가 울려서 이웃들이 전부 나와 볼 정도다. 가끔씩 벌레도 나온다.

하지만 우리 집 건너편에는 높은 래미안 아파트가 나의 방을 내려다보고 있다. 우리 집이 있는 골목길로 들어가려면 래미안 아파트 입주민이 이용하는 3층짜리 헬스클럽을 지나쳐야 한다. 그 헬스클럽을 이용하는 사람들은 어두운 골목길로 들어가는 나의 모습을 러닝머신 위에서 땀 흘리며 구경할 수 있을 것이다. 그들이 그곳에서 흘리는 땀과 그날의 내가 흘렸던 땀이 같은 성질이라고 할 수 있을까? 그들이 내려다보는 나의 모습은 어떤 모습일까? 난 알 수 없다.

우리 집 골목과 래미안 아파트 사이에 있는 건 이따금씩 걸려 있는 달뿐이다.

그 달 말고는 그들과 내가 공유하고 있는 것은 없다.

이제 억울함을 느끼지는 않는다. 나는 왜 저런 곳에서 살 수 없는지, 헬스클럽에서 골목길을 내려다보는 사람이 왜 내가 아닌지에 관한 생각은 하지 않는다. 그냥 몇 가지 꿈이 생겼을 뿐이다. 집을 소재로 소설을 쓰고 싶다, 영화를 만들어 보고 싶다, 아니 그냥 열심히 돈을 벌어서 저런 비슷한 집에 살아 볼래, 뭐 이런 것들.

앨리스의 붉은 여왕의 말처럼, 쉼 없이 뛰어야 제자리에라도 있을 수 있는 세상이니까. 토를 하지 않고 살려면 쉼 없이 뛰어야 하니까. 그래야 이 골목길 속으로 들어가는 것이 아니라 위에서 바라볼 수 있는 삶을 가질 수 있으니까.

아니, 사실 그냥 다 부질없다. 내가 지금 할 수 있는 건, 오늘도 좁은 내 방에서 괜찮은 척 자는 것뿐이다.

SBS 드라마 PD 시험을 봤다

"왜 이런 꿈을 가지고 태어났나 몇 번이고 저를 저주한 적도 있어요. 남들처럼 평범한 일을 좋아하는 사람이었으면 어땠을까 하고….."

드라마 PD를 꿈꿨던 나와 같은 처지의 사람의 말을 듣고, 나 또한 목이 메었다. 나와 내 친구들의, 어쩌면 수많은 청년들의 이야기일 테니까.

첫 회사를 퇴사하고 5개월 동안 취업 준비를 하고 있었다. 내가 어떤 걸 좋아하는지 탐색할 시간이 필요했기에, 꽤 긴 시간 동안 쉬었다. 그러다 브런치에 글을 쓰기 시작했다. 글쓰기를 꾸준히 좋아했으니, 그동안 써놓은 에세이와 소설을 올려보자는 마음이었다. 내 글을 읽은 사람들이 댓글을 달아 주고,

나도 그들의 이야기를 읽으니 재밌었다. 그러다 보니 써놓은 글 말고, 새로운 글을 더 써보고 싶어졌다. 그렇게 조금씩 어디에도 꺼내기 어려웠던 이야기들을 글로 표현하기 시작했다.

물론 그 과정은 어려웠다. 무기력하게 침대에만 누워 있던 나를 일으켜 카페로 가게 하고, 키보드를 두드리게 하는 그 작업이 내게 쉽지는 않았다. 그것은 오랫동안 앓아 온 우울증과 불안장애에 정면으로 맞서는 것과도 같은 의미였기에.

이제야 무언가를 시작할 수 있겠다 싶은 마음이 들었다. 이야기 짓는 걸 좋아했으니까 드라마 PD 신입 공채에 서류를 넣었다. 과제로 만들고 싶은 드라마 기획안을 써서 제출해야 했는데, 평소에 머리 안에서 그리던 이야기를 정돈해 기획안을 만들었다. 그리고 얼마 안 가 서류 합격 통보를 받았다. 예상치 못한 합격에 어안이 벙벙했다. 브런치에 써야 할 글들을 미루고 일단 스터디 그룹을 만들어, 필기시험 때까지 스터디를 진행했다. 스터디 그룹에서는 상식 및 교양 문제를 공유하고, 각자 작문 주제를 가져와 쓰고, 서로에게 피드백해 주었다.

드라마 PD라는 같은 길을 걷기 위해 모인 사람들과 주고받는 영향은 실로 거대했다. 잠들어 있던 뜨거운 무언가가 가열되는 느낌이었다. 그들은 오랜 무기력에 빠져 헤엄치던 나를 길어 올려 주었다. 사실 나는 평소에, 내가 이야기를 짓고 글 쓰기를 좋아한다는 걸 말하기 쑥스러워 했었다. 정말 좋아할 뿐, 잘하지도 못하는 걸 밝히기가 창피했던 거다. 하지만 스터디에서 내 또래의 친구들과 같은 꿈을 이야기해 보는 경험은 새로웠다. 드라마 PD라는 목표를 가질 때까지, 그들의 과정은 전부 달랐다. 작가를 하다가 온 사람, 광고 회사에서 일하다가 온 사람, 아나운서를 준비하다가 온 사람, 졸업을 미루고 온 사람…. 모두 과정은 달랐지만 도착한 곳은 같았다. 그들과 이야기를 나누며 난 일종의 안정감을 느꼈다. 어떻게 보면 경쟁자지만, 그들은 나의 동료이기도 했다. 수천 명이 지원하지만, 결국 1년에 2-3명만 뽑히는 이 바늘구멍 레이스를 함께 뛰는 사람들. 당장 돈을 벌기보다, 이루고 싶은 꿈에 한번 도전해 보는 사람들. 차가운 현실 앞에 무너지고 울음을 터뜨리는 사람들. 모두가 나의 모습을 지니고 있었고, 나도 그들의 모습을 지니고 있었다. 각자의 슬픔은 각자만의 것이 아니라 우리 모두의 것이었다. 그렇게 같은 꿈을 꾸는 사람들이 주는 안정감은, 내가 좋아하는 것을 좋아해도 된다는 허락처럼 느껴졌다.

필기시험 날, 1교시를 끝내고 쉬는 시간에 스터디 멤버들을 만나서 시험에 대해 이야기를 나눴다. 그리고 난 그때 내 동료들의 또 다른 모습을 보았다. 스터디 내내 무표정으로 감정을 잘 드러내지 않던 멤버는 자신의 오답을 자랑하며 망했다고 웃었다. 나이가 가장 많아 다양한 정보를 주던 멤버도, 자신의 실수를 말하며 웃음 지어 보였다. 시험장에서 처음 보는 사람들의 모습도 다양했다. 통화로 가족에게 시험 잘 봤다고 말하는 사람, 친구를 만나 망했다며 웃음 짓는 사람, 창밖으로 내리는 비를 가만히 서서 계속 지켜보던 사람…. 언론 고시 커뮤니티에도 다양한 글들이 올라왔다. 오랜 준비로 지쳤다고, 더 이상은 못하겠다는 이야기. 재밌다고 계속해 보겠다는 이야기. 답답한 마음에 SBS 방송국 사옥까지 걸어가 인증샷을 찍고 왔다는 이야기. 물론 이런 거에 지치지 말라고 다그치는 이야기도 있었다. 형태는 다 달라도, 어느 누구 하나 간절하지 않은 사람은 없었을 것이다.

시험의 작문 주제는 이거였다.

[당신은 오늘 '어떤' 이유로 '어떤' 도시를 향해 가고 있었다. 그러다 '어떤' 휴게소에 잠시 들렀는데 '어떤' 이유로 1시간 뒤, 그 휴게소를 떠나 출발지로 돌아왔다. 당신의 오늘에 대해 자유롭게 작문하시오. 서두에 제목 붙일 것.]

어떤 걸 적을까 하다가, 난 내가 평소에 생각해 두었던 이야기를 발전시켜 적었다. 시험을 끝내고 나니, 여기저기서 작문 주제가 너무 어려웠다는 소리가 들려왔다. 난 그것보다 그 주제에서 비롯된 내 마음이 더 힘들었다.

나는 '어떤 이유'로 드라마 PD를 지망하고 있을까? 드라마 PD가 아니라 다른 일은 도저히 못 하는 사람일까? 난 이야기 짓기를 좋아하지만, 이걸로 돈 벌어 먹고살 수 없으면 그저 취미로 남겨야 할까?

시험을 끝내고 고향으로 내려가는 길에서 내내 생각했다. 난 정말 이 길을 계속 걸어가도 될까? 꿈 대신에 현실을 받아들이고 살아도 될까? 살면서 꿈 한번 이뤄 보지 못하고 살아도 되는 걸까? 답이 없는 질문임을 알고 있지만, 혹시나 나중에 나이가 훨씬 든 다음에 돌아보면, 답을 찾을 수 있을까?

난 다시 제자리로 돌아왔다. 이 시험에서 떨어져도 난 그대로일 것이다. 여름이 지나고, 가을이 와서 코트를 꺼내 입겠지. 그러다 눈을 맞고 또 다양한 생각을 하고, 그걸 글로 풀어낼 것이다. 이루기 힘든 꿈을 꾸는 것이 저주받은 일이든 아니든, 난 그냥 나로서 잘 살아야 하니까.

그냥 그런 생각이 들었다. 난 여전히 나로서 잘 존재해 내고, 잘 살아 내면 된다는 생각. 어쨌든, 저주를 받은 삶이어도 나는 그 삶을 살아가야만 하는 것이기에.

모두에게 사랑받는 사람을 미워해도 될까?

이십 대 중반에 들어 비싼 구두를 산 적이 있었다. 원래는 꽤 비싼 브랜드의 제품이었는데, 세일 시즌에 맞춰 온갖 할인 쿠폰을 동원해 8만 원에 샀다. 이십 대 중반이 되었으니, 이 정도 구두 하나쯤은 있어야 한다고 생각했다. 그래서 오랜 시간 신어 오던 운동화, 때가 많이 묻어 지저분해진 운동화는 잠시 넣어 두었다. 주변의 반응도 좋았다. 내게 잘 어울린다고 했고, 보기에도 멋진 구두라고 평했다.

그런데 문제는 큰마음 먹고 산 구두가 내 발과 잘 맞지 않았 다는 거다. 엄지발가락과 새끼발가락이 신발에 눌려서 걸을 때마다 아팠다. 처음엔 남들보다 큰 내 발을 탓했다. 남들은 모두 편하고 멋있고 좋다는데, 왜 나한테만 안 맞는 거지? 내 발이 이상하게 생겼나 싶었다. 하지만 오랜 시간 걷지 않고 잠깐 걸을 때는 괜찮았으니까 그냥 신었다. 이렇게 신다 보면 알아서 길들여져 괜찮아질 거라고 생각했던 거다.

그즈음 한 프로젝트 그룹에서 A를 알게 됐다. 그는 인기도 많고 아는 것도 많은 사람이었다. 모두가 그와 친해지고 싶어 했다. 그는 열정적이었고 똑 부러졌으며, 굉장히 직설적인 화법을 가지고 있는 사람이었다. 그의 성격은 프로젝트를 진행할 때 큰 도움이 됐다. 일을 일사천리로 진행했고, 막힌 점이 있으면 특유의 성격을 살려 지지부진한 속도를 올려 주었다. A는 그런 점들 때문에 인기가 많았다. 하지만 모두가 사랑했던 그 점들이 나에겐 조금 거슬렸다. 그는 자신의 열정에 발맞추지 않는 이를 불만족스러워했고, 그의 똑 부러지는 면이 내게는 어딘가 냉정하게 느껴졌으며, 그의 직설적인 면은 묘하게 기분이 상했다.

나는 A가 어딘가 항상 불편했지만, 이를 다른 사람들에게 드러낼 수는 없었다. 일단 그는 인기가 많았고, 일상적으로 대단히 불쾌한 행동을 하는 사람은 아니었으니까. 무엇보다 주변에서 전부 그를 좋은 사람이라고 평가하니, 나도 그를 좋아해야만 할 거 같았다. 모두가 장점이라고 생각하는 그의 점들이 내겐 별로라고 말하면, 나만 이상한 사람이 될 거 같기도 했고. 그래서 이들에게 이상한 사람으로 판단 받으니 그냥 내가 A를 감내하기로 했다. 내가 보지 못했던 면이 A에게 더 있을 수 있고, 오히려 그 점을 보지 못한 내가 모자란 사람일 수도 있으니까. 그런 그가 특유의 화법으로 은근히 나를 불쾌하게 할 때마다, 그래- 그래도 나쁜 의도로 그런 건 아닐 거야- 하고 애써 외면하면서 그와 적당히 어울리며 관계를 쌓았다.

그러다 일이 터져 버리고 말았는데, A를 포함해 친구들과 다 같이 맥주를 한잔하는 날이었다. 그날도 새로 산 구두를 신고 나갔다. 술자리에서 각자의 연애에 대해서 이야기를 했었는데, 그가 결국 나의 신경을 제대로 건드려 버렸다.

"강산 씨는 훤칠하고 잘생겨서 인기 많을 거 같은데, 왜 애인이 없어요?"

애인이 없다는 나의 말에 어떤 이가 그냥 듣기 좋으라고 한 말이었다. 그냥 분위기를 풀기 위한 립서비스에 불과한 것을 나는 알고 있었다. 그러자 A가 말했다.

"강산 씨가 잘생긴 편은 아니죠. 얼굴에 살이 많아서 동그랗고, 팔다리가 얇아서 훤칠해도 티가 잘 안 나는 거 같아. 강산 씨 만나기 전에, 소문 들었을 땐 잘생겼다고 해서 되게 기대했었는데."

내가 잘생기지 않았다는 건, 누구보다 내가 더 잘 알고 있었다. 잘생겼다는 말은 오버스러운 칭찬이었고, 그냥 듣기 좋으라고 한 말에 불과했다. 하지만 곧이곧대로 나의 외양을 평가하며 말하는 A의 말이 나는 아주 불쾌했다. A는 이렇게 객관성에 은근히 자신의 주관을 첨가해 그것이 진리인 것마냥 말하며 나의 신경을 긁었던 적이 한두 번이 아니었기 때문에, 나도 참지 못하고 한마디 해버렸다.

"A 씨. 저도 A 씨 외양 평가할 수 있어요. 그런데 안 하는 거예요. 외양을 평가하는 건 무례한 거니까. 못 하는 게 아니라 안 하는 거라고요. 이런 거 꼭 말해 줘야 하는 건가."

분위기가 말할 수 없을 정도로 싸해졌다. A는 능청스레 웃으면서 미안하다고 사과했고, 다른 친구들은 A가 워낙 직설적으로 말하는 타입이라 그렇다며 자연스럽게 화제를 돌렸다.

집에 돌아오는 길에 발가락이 너무 아팠다. 하루 종일 그 구두를 신으니까 발이 너무 아파 제대로 걸을 수도 없었다. 어정쩡하게 걸어 집에 도착했고 샤워를 했다. 샤워를 하며 보니까 엄지발가락과 새끼발가락에 검붉게 피가 굳어 있었다. 그제야 상처투성이인 내 발을 발견했다.

샤워를 하고 나서 굳어 버린 피를 손톱깎이로 떼어 냈다. 살을 잘라 내는 거라, 떼어 낼 때마다 따끔거리며 아팠다. 그래도 딱, 딱, 딱, 손톱깎이의 소리를 들으며 살을 떼어 냈다. 살을 떼어 내며 구두를 처음 산 날과 A를 처음 만난 날을 떠올렸고, 구두를 길들이려고 했던 날과 A와 잘해 보자고 나를 다그치던 날을 떠올렸다. 결국 구두도 A도 나를 아프게만 했는데…. 아픈 걸 알면서도 왜 길들이려고, 나를 거기에 맞추려고 했을까. 굳어 버린 피를 전부 다 떼어 내고 내 발을 다시 보았다. 발이 고생한 거 같아 괜히 울적해졌다. 고생시킨 거 같아 미안함도 느껴졌다. 고생했다고 마사지를 좀 해주고 풋 크림도 발라 줬다. 떼어 낼 때는 따끔거리고 아파서, 그냥 그대로 둘까 싶기도 했는데, 괜찮아졌다.

더 이상 맞지 않는 구두는 신지 말자고 생각했다. 나와 맞지 않는 A와도 더 이상은 함께하지 말자고 결심했다. 이제, 애쓴 나를 다독여 줄 차례였다.

잡코리아를 지웠고, 난 조금 더 행복해졌다

잡코리아, 내가 취업 준비를 하면서 내내 사용했던 앱이다. 이 앱은 하루에도 몇 번씩 채용 소식 알림을 보냈고, 난 그걸 하나하나 확인했다. 연봉이 얼만지, 어떤 회사인지, 평판은 어떤지. 그러다 난 취직을 했다. 하지만 취직을 하고 나서도 그 앱을 지우지 않았다. 혹시나 더 좋은 조건의 회사를 찾게 되면 언제든 그곳으로 '점프'할 생각이었다. 난 만족을 몰랐다. 더 높은 연봉을 원했고, 더 나은 복지를 원했고, 더 좋은 환경을 원하고 있었다. 나조차 제대로 알지 못하는 그 욕구가 이 앱과 나를 사슬처럼 엮고 있었다.

*

두 번째 회사에서, 탐탁지 않던 직장 동료가 있었다. 틱틱대며 교묘히 사람 신경을 긁는 듯한 말투. 상사들에게 아부 떠는 행동. 은근히 사람을 깎아내리고 자신을 올려 치는 듯한 뉘앙스를 풍기는 사람. 개인적으로 알게 됐다면 상대도 안 했을 사람이지만, '회사'라는 조직에 묶여서 나는 그를 '선배'라고 불러야만 했다. 난 그와 적당한 거리를 뒀다. 가끔 그는 내게 기분이 나쁠 듯 말 듯한 말들을 하고는 했는데, 그때마다 꾹 참고 넘겼다. 남의 신경을 긁는 그의 태도가 자꾸 내 마음속에서 돌아다니며 날 괴롭혔지만, 애써 무시하며 지냈다. 하지만, 나의 업무에 시시콜콜 참견하는 그의 행동은 참기 힘들었다. 나의 업무가 어떤 상태로 진행되는지도 모르면서 괜한 참견을 해댔다. 그에게 시시콜콜 반박하자니 버릇없는 후배로 찍힐 게 뻔했기에 그냥 수직성에 굴복했다. 그런데 굴복한 게 아니라 그런 척하는 게 보였는지, 결국 오해가 겹겹이 쌓여 그와 나는 부장과 대리가 보는 앞에서 대판 싸우게 됐다. 업무적인 참견도 참견이었지만, 날 존중하지 않는 거친 언사는 모욕적이었고 참기 힘들었다. 지금도 생각나는 건 그와 언쟁을 하고 나서, 나는 나조차도 놀랄 정도로 혐오스러운 표정으로 그를 쳐다봤다는 것이다.

쨌든 난 그 사건 이후로 퇴사를 했다. 퇴사를 하고도 난 이 앱을 끊어 내지 못했다. 어딘가엔 나에게 딱 맞는, 내가 그토록 찾아 헤맸던 회사가 있을 거 같았다. '내가 이토록 고생해

온 이유는 이 회사를 만나기 위함이었어'라고 생각할 정도로 안성맞춤인 자리. 그런 유니콘 같은 회사가 있을 거라 생각하면서 나만을 위한 좋은 자리가 있을 거라는 미련을 기어코 버리지 못했다.

그럴수록 외로워질 뿐이었다. 난 '조직'과 잘 맞지 않고 그것을 두려워한다는 걸 이미 잘 알고 있었다. 이런 나도 어느 직장에서는 필요하고 쓸모 있는 존재라는 걸 확증 받고 싶었다. 나도 잘해 낼 수 있다는 인정과 성취를 확인받고 싶었던 거다. 하지만 잡코리아 알림에 뜨는 회사 리스트를 보면서 더 작아질 뿐이었다. 내가 이 많은 회사들 중 한 곳에 들어간다고 한들, 정말로 더 행복해질까? 날 좋아하지 않는 사람들 사이에서 어떻게든 이쁨 받으려고 노력하는 기분이 이런 걸까. 그러다 난 홧김에 잡코리아 앱을 지웠다.

정말 홧김이었다. 취업을 아예 포기한다거나, 돈을 벌지 않겠다거나, 돌아온 탕아마냥 고향인 시골로 돌아간다거나 하는 거창한 목표 따위도 없었다. 난 그냥 화가 나서 지운 거였다. 취업 앱이 없어지니 핸드폰을 확인하는 일이 많이 줄었다. 새로운 채용 공고가 뜰 때마다, 앱에 들어가 이 회사에 안성맞춤으로 나를 변장시킬 수 있을지 고민하는 시간도 줄었다. 자연스레 나의 삶은 더 나아졌다.

나는 내가 미뤄 온 것들을 하기 시작했다. 책을 읽고, 틈틈이 글을 쓰고, 친구들을 만났다. 내가 무엇을 정말로 하고 싶은지, 어떻게 살고 싶은지 고민하는 시간을 가질 수 있었다. 그제야 나는 어떤 조직과 회사에 들어가서 일을 해야만 한다는 강박의 사슬에서 조금씩 벗어날 수 있었다. 회사에서 어떻게든 버텨 내라고 말하는 주변 사람은 많았지만, 내가 정말로 어떻게 어떤 모습으로 살아가고 싶은지 물어봐 주는 사람은 없었다. 나를 속박했던 속세적인 가치가 가득 엮여 있는 사슬은 오직 나만이 끊어 낼 수 있다는 걸 알게 됐다.

그 후로 다른 회사에 들어갔다. 그곳은 확실히 전보다는 더 괜찮은 곳이었다. 좋은 사람들도 많았고 나다움을 어느 정도 인정받을 수 있었다. 물론 그곳에서도 문제가 없는 건 아니었다. 몇 번의 계절을 보냈고 내가 할 수 있는 만큼의 일을 한 후에 퇴사했다.

그전에 퇴사했던 것처럼 심리적으로 크게 타격을 입지는 않았다. 퇴사한 당일에 무얼 할 거냐는 장난 섞인 동료의 물음에, '헬스장 갈 건데요'라고 말했을 정도로 담담했다.

난, 어떻게든 살 수 있다. 물론 쉽지는 않지만 굶어 죽지 않을 정도로는 살 수 있다. 조직이라는 거대한 톱니바퀴에 나를 끼워 넣지 않아도 된다. 나의 쓸모를 조직에 잘 융화되는가로 점치던 때보다 훨씬 나은 삶을 선택할 권리는, 오직 나에게 있다. 더 높은 곳을 향한 취업만이 답이 아니라는 열쇠를 찾을 때까지 너무 먼 길을 돌아왔다. 난 이제야 내가 어떤 일들을 해내고 싶은지, 어떤 모습으로 어떻게 살아가고 싶은지 고민하는 기회를 얻었다.

생일날 불합격 통보를 받았다

내 생일이었다. 오랜만에 모인 친구들이 케이크를 사다 줬고, 내게 고깔모자를 씌워 줬다. 생일 축하 노래를 부르고 촛불을 후 불어서 껐다. 생일 선물을 받아 들고 고맙다고 말했다. 친구들과 단체 사진을 찍으며 웃어 보였다.

그리고 나는 케이크를 자르고 접시에 덜어 친구들에게 나눠 주면서 말했다.

"얘들아. 사실 나 방금 문자로 면접 불합격했다고 통보받았어…."

세상에 이렇게나 갑자기 분위기가 싸해질 수 있을까 싶을 정도로 조용해졌다. 이자카야의 직원이 우리 테이블에 안주를 놓는 소리가 정적을 깼다. 그리고 나도 입을 뗐다.

"요즘은 자존감이 많이 떨어져서 힘들다. 도저히 힘을 낼 만한 에너지가 없다."

사실 그즈음에 나는 정말로 엉망이었다. 하고 싶은 게 너무 많았는데, 어떤 것부터 해야 할지 몰랐다. 통장의 잔고는 0으로 수렴해 가고 있었지만 돈 나갈 곳은 너무나도 많았다. 내적으로 외적으로 힘들다 보니 무엇 하나 제대로 해낼 수 없었다.

나는 이렇게 자존감이 떨어지고 우울해지는 날엔 항상 나만의 동굴로 숨어 버렸다. 내 동굴은 내 마음의 바다 아주 깊은 곳에 있었다. 심해에 있는 동굴에 들어가면 난 한동안 그 누구의 출입도 허락하지 않았다. 그래서 주위와 연락을 끊어 버리고 잠적하고는 했다. 가끔 누군가를 만나도, 내 이야기는 절대로 하지 않았다. 구구절절 나의 힘듦을 늘어놓는 것조차 힘들었다. 누군가에게 그 고통을 들어 달라고 말하고 있는 나의 모습도 별로일 거라고 생각했으니까.

친구들은 이런 나를 이해하면서도 답답해했다. 혼자만의 시간을 보내는 걸 존중해 줬지만, 한편으로는 걱정했다. 나 역시 친구들의 마음을 모르는 게 아니었다. 나도 이런 나를 걱정했다. 우울함과 가라앉음에 대처하는 방식이 그저 동굴도 도망치는 거라면, 나는 여전히 나약한 존재로 남는 게 아닌가 하는 생각이 들었다. 그래서 그날 딱 한 번만, 지금과는 다르게 주변 사람들에게 도와 달라고 말해 보기로 한 거다. 살면서 한

번쯤은 약한 모습을 티 내보자는 그런 생각. 그날이 단지 내 생일이었다는 게 아주 조금 슬프지만! 하지만 막상, 자존감이 떨어져서 무언가를 시작할 마음이 없다고 솔직히 말하고 나니, 가슴이 떨렸다. 나의 힘듦이 별거 아니라고 평가절하 당하면 어떡할까 불안한 마음이 커졌기 때문이었다.

하지만 그런 일은 일어나지 않았다. 친구들은 내게 어떤 일이 있었는지 그저 물을 뿐이었다. 어떤 생각을 하고 있느냐고 물었다. 앞으로의 계획은 묻지 않았다. 무엇을 꼭 해야만 한다는 부담감을 주지 않으려고 하는 거 같았다. 딱 이번 주까지만 동굴에 있다가 나오겠다고 말했다. 이렇게 무거운 얘기를 털어놔서 미안하다고 했다. 친구들은 오히려 고맙다고 답했다.

"모든 걸 놓아 버리고 엉망인 상태로 쓰러져 버리고 싶을 때, 언제든 그래도 돼. 그런 걸 언제든 말해도 돼. 기대도 돼. 어려워하지 말고 이제 조금씩 의지하는 연습을 하면 돼."

행복하고 웃음이 가득 찬 생일은 아니었지만 그런대로 괜찮은 생일이었다. 앞으로 자존감이 떨어지거나 우울한 날들엔, 주변에 마음껏 알리고 의지하기로 했다. 좋은 소식을 마음껏 자랑하는 것처럼, 나의 힘듦도 마음껏 자랑하고 나누기로 했다. 앞으로의 생일도 늘 웃음과 행복으로 가득 차 있지만은 않을 것이다. 그렇지만, 괜찮을 거 같다. 그냥 담담히 받아들일 수 있을 거 같다. 그런 날이면 나의 주위 존재들에게 잠깐 기댈 수 있는 용기가 생긴 거 같다.

나는 이제야 조금 더 단단해진 거 같다는 생각이 든다.

친구의 성공이 날 우울하게 할 때

　무심코 인스타그램 피드를 내리다가 자동차 사진을 봤다. 올린 사람을 확인해 보니 나랑 같은 시기에 졸업했던 대학 동기였다. 아니 분명 얘는 나랑 똑같이 졸업했는데, 벌써 차를 샀다고? 내게 허용된 차라고는 회식 2차, 옥수수 수염차뿐인데…. 그 친구 프로필을 타고 계정에 들어가 보니 아주 번듯한 직장에 다니는 거 같았다. 자취방도 어쩜 이렇게 예쁘게 잘 꾸며 놨는지 비싼 오피스텔도 부럽지 않을 수준이었고. 게다가 애인과 근교로 다녀온 데이트 사진까지. 아니 이럴 리가 없는데…. 저 친구 분명히 나보다 인기도 없었고 별달리 능력이 뛰어나 보이지도 않았는데…. 하지만 어쩔 수 없다. 이건 완패다. 이건 의심할 여지없는 나의 퍼펙트한 패배인 것이다.

이런 패배의 경험을 할 때마다 나는 핸드폰을 당장 꺼버리고 한 줄이라도 쓰려고 한다. 그러다가 이런 글 써봤자 뭐 하나- 밥벌이가 되나 누가 읽어 주기를 하나- 싶어서 괜히 이력서를 또 고친다. 그러다가 각종 채용 사이트들을 돌아다니다가 '현타'를 맛보고 이내 그만둔다.

나는 항상 '특별한 사람'이고 싶었다. 어딜 가도 주목을 받고 남들에게 칭찬받는 그런 사람. 어느 순간 슬럼프에 빠져 버려도, 아주 멋진 스토리로 극복하고 그것을 남들에게 공유하며 명예도 얻는 그런 사람. '나도 저 사람처럼 되고 싶어'의 '저 사람'이 되기를 꿈꿨다. 하지만 현실은 영 딴판이다. SNS에서 떠돌던 말마따나 '쟤처럼은 되지 말아야지'의 '쟤'가 되었다. 그래. 이 세상의 주인공은 내가 아니었다. 난 조연조차도 아니다. 누군가를 받쳐 주는 들러리나 엑스트라. 딱 그 정도가 어울렸다. 스포트라이트는 내가 아니라 다른 이들에게 있었다. 나로서는 엄두도 못 낼 자동차를 사고 인증샷을 SNS에 올린 친구에게, 난 올해도 솔로인데 애인과의 데이트 사진을 올리는 친구에게, 나보다 더 잘생긴 사람에게, 나보다 더 돈이 많은 사람에게, 나보다 키가 큰 사람에게, 나보다 뛰어난 능력을 가진 사람에게.

나만 이런 열등감을 느끼는 걸까? 남들도 이런 열등감을 느끼지만 참고 사는 걸까? 이십 대 초반엔 나의 열등함을 인정할 수 없었다. 그래서 오히려 남을 깎아내렸다. 키가 큰 저 사람은 너무 멀대 같아. 벌써 차를 샀다고? 완전 허세네. 저 커플 저거 분명히 얼마 안 가서 깨질걸? 하지만 이런 유치한 자기 위로도 아주 잠깐 작용할 뿐. 그들은 반짝반짝 빛나는 주연이고 내가 엑스트라인 건 여전했다. 이십 대의 중반이 되자 나의 찌질함을 받아들일 수밖에 없었다. 남들보다 뛰어난 것도 없으면서 그저 헐뜯기나 했던 나의 바보 같음을 미워했다. 그리고 나를 세상에서 가장 미련하고 쓸모없는 존재로 낙인찍었다. 식물은 예쁘고 산소를 만들어 내기라도 하지, 난 공기와 음식만 축내는 사람이라고 탓하며 나 자신을 미워했다.

하지만 이젠 아니다. 초반에 내린 답도, 중반에 내린 답도 다 틀렸다는 걸 안다. 반짝반짝 빛나는 사람들은 그저 그 사람들의 삶을 살아가는 거다. 초반처럼 나 혼자 그들을 깎아내려 봤자 그들의 가치는 변함없다. 마찬가지다. 중반처럼 나 자신을 탓하고 쓸모없는 존재로 낙인찍어도 똑같다. 나는 여전히 나고, 앞으로도 잘 살아야 할, 나다. 모두가 특별할 수 없음을 인정하고, 진부하지만 아주 명확한 '나는 나대로 살면 된다'라는 명제를 항상 새겨야 한다. 모두에게 스포트라이트를 받는 주연이 될 수는 없어도, 내 인생에서 가장 스포트라이트를 받는 존재가 나면 되는 거다. 다른 이의 특별함을 쫓지 않아도 되는 거다.

타인과 나를 비교하는 것은 아마 내가 죽을 때까지 고치지 못할 불치병일 것이다. 그럼에도 인정하기로 했다. 난 내가 평범하다는 걸 인정하는 거다. 어차피 세상에서 가장 특별한 사람은 될 수 없다. 언제 어디서나 특별할 수는 없다. 내가 평범하다고 해서 열등한 건 아니니까. 남들이 볼 때 평범한 것이 내게는 반짝반짝 빛나도록 특별한 것일 수도 있잖아.

어쨌든 나도 누가 읽어 주겠냐며 의심하면서도, 누군가 읽는다는 것이 창피하면서도, 타인이 읽어 주길 바라며 이 글을 쓰고 있으니까. 누군가에게는 평범한 글일지 몰라도 나에겐 아주 특별한 글인 것처럼.

달빛 하나로도 삶을 버티는 사람이 있다

"앞으로 뭘 하고 살아야 할까?"

수개월을 준비했던 드라마 PD 시험에서 결국 떨어졌다. 같이 준비하던 스터디 멤버들 중 한 명만 붙고, 전부 탈락했다. 그중에서도 유난히 더 친했던 멤버들과 술을 마시기로 하고 이태원에서 모였다. 그날의 술자리는 참 독특했다. 우울한데 불안하지는 않았다. 모두 어딘가 지치고 힘들어했지만 그렇다고 그게 서로에게 전이돼 더욱 힘들어지는 일로 번지지는 않았다. 그래도 사실, 안을 들여다보면 속이 썩을 대로 썩어 있는 사람들이었다. 각자의 삶에서 가장 힘든 싸움을 하고 있었으니까. 그들은 꼬박꼬박 나오는 월급보다, 나이에 따라 책임을 부과하는 사회의 기준보다, 자신이 하고 싶은 일을 선택한 용기 있는 사람들이었다. 동시에 그 선택 앞에서 명백히 괴로워하는 사람들이기도 했다. 하지만 그건 미련한 것도, 바보 같은 것도 아니었다. 그냥 각자 자신의 삶에 최선을 다해 살아가고 있는 것이었다. 우리는 서로의 이런 마음과 상태를 잘 알고 있었다. 그래서 각자의 힘듦을 판단하거나 비교하지 않았다. 다만 조용히 같이 울어 주었다. 시험도 끝났는데 이제 뭐 하면서 살겠냐는 물음에, 우리는 하고 싶은 말이 많았다. 하지만 끝내 말하지 않았다. 다들 그것을 어떤 언어로, 어떻게 표현해야 할지 몰랐다. 그래서 하고 싶은 말이 있어도 참았다. 우린 검푸른 하늘 아래의 언덕을 바라보며 술을 마셨고, 날씨는 여름의 끝자락에 다다라 조금 선선했다. 1년은 지나야 다시 볼 수 있을 것들을 우리는 조용히 바라보았다.

그들과 헤어지고 집으로 걸어가는 길이 선선했다. 그러자 조금 마음이 편안해졌다. 답답한 기분을 조금 더 풀어 보고자 귀에 꽂힌 이어폰을 뺐다. 자동차 속도에 맞춰 가로수가 흔들리는 소리가 들렸다. 바람이 내 머리칼을 흔들었다. 술 취한 채 누군가와 통화하는 사람의 모습이 보였다. 숨을 들이마시니 기관지까지 시원해졌다. 제법 평화로웠다.

그런데 내 마음이 그렇지만은 않았다. 또 하나의 꿈이 좌절됐고, 잔고는 바닥을 보이기 시작했다. 날씨는 조금씩 선선하게 바뀌어 갔지만, 나만은 또다시 그대로였다. 나의 삶은 바뀐 것이 없었다. 눈물을 쏟을 거 같았지만 익숙하게 울음을 잘 참았다.

집에 거의 도착할 즈음에, 근처 공원에 들러 하늘을 봤다. 달이 둥그렇게 떠 있었다. 어이없게도, 그것이 위로가 됐다. 선선해진 공기를 맞으면서 달을 한참 바라봤다. 주변에는 달보다 더 작은 것들이 날 맞이하고 있었다. 저쪽 골목길에는 마주치면 항상 웃으며 인사해 주는 미용실 사장님의 가게가 있고, 맞은편에는 쭈그려 앉은 채 담배를 피우는 떡볶이 집 라이더가 있다. 우리 집 골목 초입부에는 나를 보고도 도망가지 않는 길고양이 가족이 있다. 골목 깊숙이 들어가면 밤마다 돗자리를 깔고 나와 담소를 나누는 할머님들이 계시고, 거리에는 어깨의 무게를 견디면서 걸어가는 이들이 있었다.

그냥 이런 것들을 위안 삼기로 했다. 작은 것들에 위로받는 삶을 보잘것없다고 생각하지 않기로 했다. 어쩌면 살아가는 데 있어서 필요한 건 큰 기회나 행운이 아니라, 일상 속의 작은 것들에서 느끼는 안정감일 수도 있으니까.

여름의 끝자락이었고, 달이 밝았다. 검푸른 하늘 아래 익숙한 작은 것들 속으로 걸어 들어가는 내 모습을 그려 봤다.

달라붙은 슬픔을 이제 그만 떼어 내야지, 생각하면서 집으로 갔다.

나도 내가 헬스를 하게 될지는 몰랐다

"우울하다고? 운동해. 그럼 좋아질 거야."

"우울증 그거 너무 집에만 있어서 그런 거야. 사람 만나고 그러면 다 괜찮아진다더라."

우울감이 심해져서 상담 치료를 받기 시작했다고 주변 사람들에게 알리자, 가장 많이 들은 이야기다. 그런 이야기를 들을 때면, 나의 우울과 불안은 운동이라는 행위로 간단히 삭제될 수 있는 것인데, 괜히 나 혼자 유별나게 힘들어하는 건가— 하는 생각이 들어 내가 바보처럼 느껴졌다. 나의 슬픈 마음을 인정받지 못하는 거 같았다. 저들이 쉽게 내뱉는 말처럼 나의 우울과 불안이 값싼 감정이기를 간절히 바라기도 했다.

우울감이 심해지자 사람과 눈을 맞추고 이야기하는 것이 힘들어졌다. 누군가가 나를 쳐다보면, 내 속까지 훤히 다 읽히는 것 같은 기분이 들었다. 내가 무슨 생각을 하는지, 어떤 사람인지 전부 까발려지는 것만 같아 너무 불안했다. 사실 내가 쓸모없는 존재라는 걸, 거짓말들로 내 삶을 꾸며 온 것을, 외롭고 찌질한 나 자신을 혐오하는 모습을 들킬까 봐 무서웠다. 점점 자기혐오가 커졌다. 그렇게 정신과 치료를 받게 됐다.

정신과를 찾아가는 길에서 그냥 다시 돌아갈까, 오랫동안 망설였다. 그래도 여기까지 온 거 그냥 한번 가보자는 생각으로 길을 걸었다. 계절은 자살률이 급증한다는 봄이었고, 난 떨어진 벚꽃 잎이 가득한 길을 걸으며 이번에도 잘 해결되지 않으면, 누구에게도 나의 우울을 말하지 않겠다고 다짐했다.

나의 정신과 주치의는 첫 대면에서 얼마나 운동을 하느냐고 물었다. 산책 말고는 하지 않는다고 답했다. 나의 우울이 운동 하나면 해결될 거라는 듯 말했던 사람들처럼, 주치의도 운동이나 하라는 말을 하면 난 어떡해야 하지— 하고 걱정했다.

그런데 주치의는 편안한 얼굴로 말했다.

"평소보다는 조금 더 걸어 보고, 조금만 더 햇빛을 받으세요. 힘들면 하지 마시고요."

조금 무심하게까지 들리는 그 한마디에 마음이 놓였다. 처음 보는 주치의에게 날 들키거나 내가 평가받을 것이라는 불안감을 버리려고 애썼다. 그날 항우울제와 항불안제 처방을 받았고 하루에 두 알을 털어 넣으며 산책하는 시간을 늘렸다. 그러면서 내가 운동을 제대로 했던 적이 언제였던가 돌아봤다. 군대에서는 체력으로 따지면 중하위권이었다. 남들이 한 번쯤 다닌다는 헬스장조차 다녀 본 적이 없었다. 이런 저질 체력으로 무슨 운동이야, 이렇게 생각하며 운동을 포기했었다.

시간이 흘러 정신과 치료를 마쳤고, 회사를 다니게 됐다. 취업하고 나서는 회사의 스트레스를 술로 풀었다. 불면이 심했기 때문에 술을 통해 강제로 잠들고 싶은 마음이 컸다. 난 일주일에 다섯 번은 넘게 술을 마셨고 그중 절반은 어떻게 잠이 들었는지도 모르게 기억을 잃었다. 불면을 위해서라기보단, 술에 의존하는 날들이 많아진 것에 불과했지만 그렇게라도 해야 덜 슬프고 덜 우울하고 덜 불안하다고 느꼈던 것 같다. 이렇게 엉망인 생활 습관으로 지내니, 살이 찌기 시작했다. 뱃살이 가장 문제였다. 마음의 우울 때문에, 망가진 내 몸을 보자니 더욱 비참하게 느껴졌다.

그래서 가진 돈을 전부 털어 헬스 PT를 등록했다. 무리를 해서라도 내 몸을 되찾고 싶었다. 모델처럼 근육질의 몸까지는 아니어도, 내가 봤을 때 덜 비참하고 싶은 마음이 컸다. 그렇게 PT를 시작했고, 트레이너는 역시나 술 마시고 잠드는 습관 때문에 배가 나오는 것이라고 했다. 체지방을 줄인 다음에 근육량을 늘리는 전략으로 헬스 커리큘럼을 짰다.

PT 첫 수업 날, 트레이너는 내게 근력은 좋으나 근지구력이 약하다고 말했다. 당시 헬스장에 있는 사람들은 대부분 엄청난 근육을 자랑하는 사람들뿐이었다. 그들은 꼭 헬스장에서 나눠 주는 운동복을 입지 않고 개인 트레이닝 복을 입었는데, 덕분에 자신들의 성난 근육을 여실히 뽐낼 수 있었다. 그들에 비해 작고 여리고 귀여운 난 복근부터 어깨, 팔, 등, 가슴까지 차근차근 운동하는 법을 배웠다.

무거운 쇳덩이를 드는 건 정말 힘든 일이었다. 땀이 흐르고 난생처음 짓는 표정이 내 얼굴에 그려졌다. 그래도 그 무거운 것들을 들어 낼 때는, 내 몸의 고통에만 집중하느라 다른 감정이 비집고 들어올 틈이 없었다. 수업이 끝나고 집에 가자 온몸이 쑤셨다. 다음 날도, 그다음 날도 내 몸의 근육들이 살려 달라고 소리치는 거 같았다. 하지만 기분은 좋았다. 술 마시고 잠드는 것 말고, 내가 새로운 것을 하고 있다는 사실이 날 설레게 했다. 당장에 눈에 보이는 몸의 변화는 없지만 근육이 아프다는 게 오히려 날 더 즐겁게 했다. 술에 취해 잠에 들기를 반복하던 전보다는 더 나은 사람이 된 거 같은 기분이었다. 그렇게 일주일에 두 번의 수업과 한 번의 개인 운동을 하니 습관이 들기 시작했다. 술을 줄였고, 먹는 것도 신경 써서 먹기 시작했다. 이왕 하는 운동, 제대로 해보고 싶다는 마음이 어느 정도는 자리 잡아 갔으니까.

그런데 조금씩 나를 괴롭히는 감정이 싹텄다. 매일 체성분 검사를 하면 나오는 숫자들 때문이었다. 체지방량은 얼마나 감소했는지, 근육량은 얼마나 늘었는지 체크하게 되면서, 과하게 그 수치들을 신경 쓰게 됐다. 체지방은 빠지는데 근육량은 그대로일 땐 허무했다. 어쩌다 체지방은 늘고 근육량이 줄어 버리면 스트레스를 과하게 받았다. 돈을 엄청 들이고 운동한 결과가 이 정도라니 비참했다. 남들은 몇 개월 동안 운동을 바짝 해서 멋진 몸을 만들어 내는데 나는 그러지 못하니까 열등의식도 느꼈다.

하루는 트레이너가 운동하는 나의 모습을 영상으로 찍어 줄테니 혼자 운동할 때 참고하라고 했다. 내가 다니는 헬스장에는 외국인들이 많았는데, 대부분 근육이 탄탄한 몸매를 가진 사람들이었다. 그들은 대부분 수십 킬로그램이 넘는 중량을 들어 올리며 웨이트를 했다. 그들은 자신들에 비해 매우 가벼운 중량을 들어 올리는 나를 (심지어 그걸 휴대폰으로 찍고 있는 나를!) 보며 웃음을 터뜨렸다. 나도 창피해서 웃었다. 그러자 그중 한 명이 (회색으로 뻗친 머리와 수염이 난 그를, 내 맘속으로 몰래 '휴 잭맨'이라고 불렀다) 자세가 완벽하다며 박수를 쳤다. 놀리는 건지 나를 격려하는 건지 모르겠지만, 나도 엄지를 치켜세우며 "Did I do well?"이라고 답했다. 그러자 그는 엄지를 치켜세우는 것으로 답을 대신했다. 그 후로 휴 잭맨과는 조금 친해져서 서로 바벨을 들 때 받쳐 주기도 하고 탈의실에서 만나면 인사를 나눴다.

휴 잭맨에 비해 나의 운동 능력은 미미했지만 그건 창피한 게 아니었다. 웨이트 트레이닝은 올림픽이 아니라, 나의 운동 능력에 맞춰서 조금씩 해나가면 되는 것이었다. 휴 잭맨이 아니라고 해서 내가 지금껏 해온 운동이 물거품이 되는 건 아니었다. 난 분명 헬스를 하지 않았을 때보다는 더 나은 상태였으니까. 그러면서 난 열등의식에 범벅 된 심리에서 한 발짝 떨어져 그간의 과정을 볼 수 있게 됐다. 술 마시는 걸 좋아하기에 완전히 끊기보다 조금씩 줄여 가려 애쓴 나를, 일을 하고 나서도 꼭 헬스장에 들러 조금이라도 운동을 하는 나를, 어제보다는 좀 더 나아졌을 나를 되돌아보았다. 이것만으로도 나의 헬스는 충분히 가치 있는 것이었다. 체성분 검사 결과에서 나온 숫자가 가치는 있는 것이 아니라, 내가 얼마큼 애썼느냐가 가치 있는 것이었다.

지금도 꾸준히 헬스를 하고 있다. 주위에서는 살이 많이 빠졌다고들 한다. 내가 내 몸을 만져 봐도 전보다 훨씬 단단해지고 건강해졌음이 느껴진다. 무엇보다 어떻게 다뤄야 할지 모르겠는 감정들이 주는 고통들의 강도가 조금씩 낮아졌다. 우울할 땐 운동을 했고 불안할 땐 단백질을 섭취했다. 주변에도 운동을 하면서 몸뿐 아니라 마음도 좀 더 나아졌다고 말하고 다닌다. 우울하고 지칠 땐, 그냥 별생각 없이 운동한다고 솔직하게 말한다.

가끔 생각한다. 나에게 우울하면 운동하라던 그때의 사람들은 이런 느낌을 알아서 내게 운동하라고 그렇게 쉽게 말했던 걸까? 모르겠다. 어쨌든 중요한 건 지금의 나다. 난 누구의 강요가 아닌 나의 선택으로 운동을 시작했고 만족하고 있다. 앞으로 습관을 잘 들여 취미로 발전시킬 생각이다. 물론 여전히 운동이 나의 우울증을 치료해 준다고 믿지는 않는다. 난 여전히 우울감을 느끼고 가끔 불안한 감정이 도질 때면 미칠 것 같지만 적어도 내 감정의 주도권을 잃어버리지는 않는다. 날 괴롭히는 감정에서 한 발짝 떨어져 지켜볼 수 있게 된 것은 확실하다.

난 내일도 헬스를 할 거다. 근육량이 얼만지 체지방이 얼마나 빠졌는지는 이제 내게 중요하지 않다. 운동을 하며 내가 전보다는 더 나아졌다는 느낌을 잊지 않을 생각이다. 내일도 무거운 쇳덩이를 들며 나를 좀 더 다독여야겠다.

요즘 이혼이 흠인가요, 스펙이지

A는 대학 동기들 중에서도 단연 공부를 잘하는 친구였다. 빠른 년생으로 입학했지만 매 학기 과 탑을 놓치지 않았고, 대외 활동부터 외국어 공부까지 빼먹지 않는 그런 완벽한 학생이었다. 스펙 관리에 바빠 학과 활동을 소홀히 하는 그녀를 두고, 몇몇 친구들은 맘에 들지 않는다는 티를 은근히 내고는 했다. 하지만 A는 타인에게 피해를 끼치는 건 극도로 싫어하는 타입이었기에 직접적으로 피해를 준 적이 없었고, 친구들도 A를 미워할 확실한 이유가 없었다. 몇몇 사람들은 그녀가 사회성이 부족한 거 같다며 애매한 뒷담화 정도만 하고는 했다.

나는 신입생을 대상으로 하는 취업 대비 프로그램에서 A와 같은 조가 되었고, 둘 다 취업 대비에 관심이 많았기에 가까워졌다. 우린 점심을 같이 먹고 공강 시간에 커피를 한잔하며 많은 이야기를 나눴다. 하루는, 강사가 깔끔하고 단정한 외모가 면접에서 도움이 된다고 말했다. 그는 본인의 외모 콤플렉스를 정리해 보고 이를 어떻게 개선해 나가면 좋을지 생각해 보라고 했다. A는 키가 크고 살이 잘 찌지 않는 자신의 체질이 불편하다고 말했다. 당시의 나는 "남들은 그런 체형을 가지고 싶어서 안달인데 자랑하는 거야?"라고 무지하고 무례한 농담을 했다. 나중에야 듣게 된 사실이지만, A는 만성 빈혈에 시달렸으며 너무 마른 체형 때문에 근육량이 적어 항상 체력이 부족해 자주 아프고는 했었다. A에겐 일상에서 닥치는 안전의 문제였는데, 나는 폭력적이게도 으스대지 말라는 말이나 했다. 나는 그 말을 두고두고 후회했다.

어딜 가나 꼭 있는 한심한 대학 선배들이 늘 그러하듯, 복학한 남자 선배들은 후배 여학생들에게 부담스럽게 대시하고는 했는데, A 또한 그 구애의 대상이 되었다. 하지만 A는 밤늦게 술자리에 나오라고 전화하는 선배에게 '한 번만 더 연락하면 경찰에 신고하겠다'라고 똑 부러지게 받아쳤다. 그 선배는 학생회의 중심에 있는 사람이었고, 학과에는 A가 애먼 사람 범죄자로 만든다며 소문이 퍼졌다. 그 뒤로 A는 학과 활동을 더욱 멀리했다.

그러다 나는 군대를 갔으며, 그녀는 우수한 성적으로 매 학기 최대 학점을 수강했고 결국 조기 졸업을 했다. 졸업과 동시에 A는 이십 대 초반의 나이에 중견 기업에 마케팅부 신입 사원으로 입사했고, 동기들 중에 가장 먼저 직장인이 되었다.

철저하게 계획적이고 똑똑했던 A는 워커홀릭이었다. 매일 야근을 했고, 그가 제안한 기획안은 사내 이사진의 눈에 들어 당장 실행에 옮겨졌다. A는 회사 내에서도 업무 능력을 인정받으며 승승장구했다. 상사들이 만든 기획안에도 철저하게 피드백했다. 맥락을 잘못짚은 프로젝트에 대해서는 수정이 필요하다고 말했고, 부족한 부분에 대해서도 구구절절 할 말을 다했다. 차장급 이상이 제안하는 기획안은 별다른 수정 없이 실행에 옮긴다는 불문율을, A는 이해하지 못했고 자기 손으로 깨버린 것이다.

A에게 상사의 비위를 맞춰 주는 능글맞음은 없었다. 회식에 가서도 상사에게 술을 따라 준다거나 불쾌한 농담에 웃어 준다거나 하는 행동은 일절 하지 않았다. A는 가면을 수십 번 갈아 끼우며 나 자신을 지워 가는 것이 사회생활 아니겠냐는 주변의 말에 동의하지 않았다.

부서 선배들은 고분고분하지 않은 A를 싫어했다. 그녀는 업계에서 흙 밭 똥 밭에서 구를 대로 굴렀다는 선배들의 정치 놀음에 피해자가 될 수밖에 없었다. A가 제안하거나 기획하는 일에는 그 누구도 도움을 주지 않았다. 같이 입사한 동기들조차, 다른 선배들의 눈치를 보느라 A와 함께 일을 하려 하지 않았다. 그래도 아주 가끔 홍보 팀의 B 대리가 A에게 격려 차원의 커피를 한 잔씩 사주고는 했다. B 대리는 같은 학교 출신이라는 공통점 때문에 그나마 A와 친한 남자 사원이었다. A는 그런 B 선배에게 의지했다. 둘은 서로 다른 시간에 퇴근해 회사에서 멀리 떨어진 술집에서 만나 고민을 털어놓으며 무척 가까워졌다.

A는 온갖 변명을 대며 회식에 일절 참여하지 않았고 자연히 사내에서 따돌림의 대상이 됐다. 하지만 업무적 성과는 좋아서, 책임을 맡은 프로젝트의 성공을 객관적인 수치로 인정받았다. 그럴수록 A는 팀에서 더욱 고립되어 갔다. A는 자신의 상황을 그나마 알아주고 털어놓을 수 있는 B 선배와 더욱 가까워졌다. 둘은 자주 만났고 매번 술을 마셨다. A는 그와 사귄지 4개월 만에 임신을 했다.

A의 가족은 노발대발하며 결혼을 반대했다. A도 아이를 낳고 싶지는 않았다. 아직 일을 더 하고 싶었고 결혼은 자신의 계획에 없는 일이었다. B 선배의 집안은 달랐다. 장남의 씨를 함부로 지울 수 없다며 무조건적인 결혼을 주장했다. A는 결혼하고 싶지 않았지만 결혼은 하지 않더라도 애는 낳아 놓고 가라는 B 선배 가족의 압박을 이겨 낼 수 없었다. A는 결혼식을 올렸고 동시에 퇴사를 했다. 태교를 위해서 관두라는 시댁

의 말과 육아 휴직계를 내는 건 다른 동료들에게 피해를 끼치는 것밖에 안 된다는 부장의 말은 그녀의 퇴사를 종용했다.

그녀의 삶은 완전히 바뀌어 버렸다. A는 소위 '대출 영끌'을 해서 신혼집을 샀고 직장인에서 주부가 됐다. 그는 오랫동안 쌓아 온 것들에 돌아서야만 하는 상황을 받아들이기 쉽지 않았지만 인스타그램에, '그래도 이 또한 나의 삶이기에 사랑하겠다'는 글을 올렸다.

하지만 B 선배는 완전히 바뀐 자신의 삶을 사랑하지 않았던 건지, 점점 A를 자신의 성공 가도를 막아 버린 장애물 취급했다. 그는 매일 술에 취해 들어왔다. 집에 들어오면 배가 부른 A를 흘겨보며, 자기 인생이 망가진 건 네 탓이라는 말을 했다. 수익률이 좋던 투자를 멈춰야 했고 적금도 깨야 했으며 마음껏 친구들과 놀지 못하고 돈도 모으지 못하는 처지가 됐다는 말을 자주 했다. 동시에 임신을 하고 나서 체질이 바뀌어 통통해지는 A의 외양을 불만족스러워했다.

얼마 안 가 B 선배는 맨정신으로 거실의 식탁에서 A에게 자신의 결혼 생활이 행복하지 않다고 고백했다. 자신의 인생에서 행복은 결혼으로부터 나오는 것이 아니라고 결론지었다고 말했다. 둘은 원만하게 이혼을 합의했고 양육권은 A가 갖기로 했다. 시댁의 반발을 예상했지만 큰 사건은 없었다. 이혼 판결이 나오기도 전에 A는 한 산부인과에서 아들을 낳았다.

아기가 돌이 지나자 A는 복직을 준비했다. 높지 않은 연차에 아이가 있는 여성이라는 조건 때문에 잦은 불합격을 맛봤지만, 결국 한 스타트업 기업에 최종 합격했다. 그녀의 엄마는 너무 이르다고 그녀를 타일렀다. 하지만 A는 잘할 수 있다고 말했다. 그녀는 충분히 굶주린, 당연히 야망적인 존재였다. A가 다시 직장 생활을 하면서부터, 아기는 엄마보다 외할머니와 지내는 시간이 더 많아졌다. 그래도 아기는 퇴근하고 오는 A를 보면 생긋 웃는다고 한다.

나는 가을이 오는 토요일에, 아주 오랜만에 A를 만났다. A의 모습은 많이 달라져 있었다. 대학생 시절처럼 자신의 몸에 딱 맞게 옷을 입은 A는 없었다. 대신 유아차에 아이를 태우고 넉넉하고 편한 옷차림을 한 A였다. 그럼에도 A는 여전히 A였다. 공부를 굉장히 잘했던, 할 말은 똑 부러지게 다 하는 스타일이었던, 좋은 직장에 다니기 위해 열심히 스펙을 쌓았던, 그곳에서 열심히 일하고 돈을 많이 벌고 싶어 했던, 남들에게 지는 걸 싫어해 1등을 놓치고 싶지 않아 했던, 꼭 자신의 분야에서 최고가 되고 싶어 했던 한 명의 사람. A였다. 대학생 때 전공 책이나 아메리카노를 들던 그녀의 손은, 이제 유아차를 잡고 있었다.

"눈이 B를 많이 닮았어."

A는 자신의 이야기를 마치며 말했다. 정말이었다. 아기는 태어나 한 번도 본 적 없는 B 선배와 많이 닮아 있었다. A는 그간의 일들을 나에게 말하면서 어떤 생각을 했을까. 얼마나 괴로웠을까. 확실한 건 A는 여전히 일하는 자신의 모습을 사랑하는 사람이었다. 마찬가지로 자신의 아기를 진심으로 사랑하는 사람이었다. 그녀는 아기가 없는 삶은 상상할 수 없다고 했다. 그날 나는 말했다. 대학생 때, 너는 너의 체질 때문에 건강이 안 좋아서 힘들었을 텐데 내가 그렇게 장난식으로 말해서 미안했다고. 두고두고 그것이 마음에 걸렸다고. A는 내 어깨를 두드리며 사과하지 않아도 된다고 답했다. 자신도 지금까지의 삶을 스스로에게 미안해하지 않기로 했다고, 나에게도 그러라고 말했다.

집에 돌아오는 길에 생각했다. 일련의 이 일들이 A가 꼭 겪어야 할 일이었을까. 이건 어떤 누군가의 잘못인 걸까. 그렇다면 꼭 그래야 할 일이었을까. 누군가의 잘못이 아니라면 도대체 무엇이 어디서부터 잘못된 걸까.

난 A가 행복했으면 좋겠다. 진심으로.

저는 27살로, 아직 이뤄 놓은 게 아무것도 없습니다

간절히 바라던 회사의 최종 면접에서 떨어지고 말았다. 그러자 안간힘을 써오며 버텨 오던 것들이 무너져 버렸다. 27살, 이십 대의 후반이 되어서도 무엇 하나 제대로 이뤄 내지 못한 나 자신이, 이런 못난 나를 챙겨 오던 시간들이, 더 이상 가치 없게 느껴졌다.

나는 서른 살이라는 나이가 무서웠다. 나에게 서른 살이란, 무언가 이뤄 놓은 것이 많아야 했다. 경제적으로 넉넉하지는 않아도 나 스스로를 책임질 수 있을 정도는 되어야 했다. 커리어도 어느 정도 안정되어야 했다. 취미 하나쯤은 가지고 있으며 자기 계발을 해야 했다. 사랑을 나누는 애인 같은 그런, 언제든 안길 수 있는 포근한 존재가 있어야 했다. 또한 자기 관리를 통해 스스로의 외면과 내면에 만족해야 했다. 무엇보다 자신의 삶을 소중히 여기면서 앞으로 나아가는 것에 망설임이 없어야 했다. 사회에서 멋져 보이는 서른 살은 으레 이런 거 같았다. 왠지 그런 서른 살이 되지 않으면 사회에서 인정받지 못할 거 같았고, 패배자가 될 것만 같았다. 나의 서른 살은 멋져야만 한다는 강박이 머릿속 깊이 침투해 있었다.

그런데 현실은 달랐다. 나는 도저히 내가 정해 놓은 만큼의 서른 살이 될 수 없을 거 같았다. 스물일곱 살의 나는 여전히 경제적으로 불안했다. 커리어는 개판이었다. 일관된 직업 경험이 없어서 어떤 직업을 가질 수 있을지 도통 알 수가 없었다. 취미랄 것도 없었다. 꾸준히 해오던 헬스는 도통 효과가 안 났다. 헬스를 했다고 말하기에도 창피한 몸매였다. 진실하게 사랑을 나눈 애인도 없었다. 나의 외면과 내면은 볼 것도 없었다. 난 항상 우울증과 불안장애에 시달렸으며, 거울에 비친 나를 볼 때면 나조차도 한숨을 내쉬었다.

그러니까 내 삶이 정말로 소중한지 확신이 없었다. 그래서 괴로웠다. 내가 가지고 있는 능력은 그저 중간 정도에 불과하며, 나보다 뛰어난 능력을 가진 사람은 수도 없이 많다는 걸 잘 알고 있었다. 그들을 일렬로 줄 세워 사진을 찍는다면 나는 프레임 안에 들어서지도 못할 것이 분명했다. 삶은 누구에게나 소중하다지만, 나 같은 게 나 자신을 사랑해도 되는지 모르겠다는 생각이 들었다. 그렇게 점점 나 자신을 상처 주는 생각들이 나를 잠식하기 시작했다. 감히 내가 무엇을 시작하고 무엇을 이뤄 낼 수 있을지. 내 또래들은 자신만의 성취를 하나씩 이뤄 나가기 시작하는데, 나는 왜 아직 제자리걸음인지. 나에게 있어 살아갈 이유가 무엇이 있는지, 어떻게 더 잘 살 수 있을지 확신이 전혀 없었다.

이런 불안한 자괴감들이 내 안을 여전히 떠돌았음에도, 나는 바보같이 지금껏 나를 잘 다스려 왔다고 생각했다. 약물과 상담 치료를 통해 잘 극복해 왔으니까, 내 감정을 잘 통제할 수 있다고 믿어 온 것이다. 하지만 면접 탈락이라는, 수없이 평범하게 반복되는 작은 사건 하나에 무너져 버린 내 모습을 보고 생각했다. 나는 그냥 성숙한 척 연기를 하며 나 자신을 속였던 건 아닐까?

그런데 가만히 생각해 보면 그게 맞았다. 사실 면접에 탈락하는 건 그리 대단한 것도 아니었다. 단지 나는 나조차도 공감하지 못하는 믿음을 가지고 있었던 거다. 서른 살이면 으레 그래야 한다는 믿음. 나는 내가 정해 놓은 서른 살에 잘 부합할 것이라는 믿음. 나로서는 도저히 공감할 수 없는 그 믿음.

사실 그런 서른 살이 되지 못하면 패배자라고 정의 내리는 건 오직 나뿐이었다. 스스로도 공감하지 못하는 믿음을 가졌으면서, 그 믿음에 내가 적합한 인물이 될 것이라고 생각했던 거다. 그런 내가, 면접 탈락이라는 평범하게 불행한 사건에 위축되는 건 당연했다. 스스로가 진정 원하는 게 무엇인지에 대해 생각할 시간이 부족했으니까. 내가 어떤 삶을 살고 싶어 하는지, 그걸 이루려면 어떤 준비를 해야 하는지에 대해 생각하지 않았으니까. 그렇기에 나는 으레 그래야만 하는 서른 살에 대해 생각하는 것이 아니라, 내가 정말로 만족하고 원하는 서른 살의 모습이 뭔지 고민해야 했다. 나는 앞으로 어떤 걸 이루고 싶은지에 관한 농도 짙은 고민을 해야만 했다.

어쩌면 나는 이렇게 바보 같은 패턴을 계속 반복할지도 모르겠다. 안심했다가 무너지고, 힘들어한 다음에 다시 일어서서 나의 믿음을 믿는 일. 그런데 어쩔 수 없다. 이것이 나의 방식이다. 이를 이해받고 싶지만 그럴 수 없다면, 어쩔 수 없는 거니까.

누군가가 왜 그렇게 바보같이 살아왔느냐고 묻는다면, 솔직하게 답해야겠다. 저는 스물일곱 살로, 아직 이뤄 놓은 게 아무것도 없습니다. 서른 살이 될 때까지 이 바보 같은 일들을 계속할지도 모르겠습니다. 어쩌면 서른 살이 지나도 그대로일지도 모르겠습니다. 하지만, 이것이 나의 삶입니다. 이해받고 싶지만, 그렇지 못하다면 어쩔 수 없겠습니다.

사람은 떠나도 향기는 남는다

'실종된 김 양은 이날 같은 반 친구 A 군과 S여고 입구 횡단
보도까지 함께 걸어갔다고 한다.'

20년 전에 너는 김 양이라 불렸어. 난 A 군이 되고 싶었지
만 되지 못했던, 평범한 너의 친구였지. 지금은 아마 A 군 또
한, A 군이 아닌 자신의 이름으로 불리고 있을 거야. 다만, 나
와 A 군은 이제 20대의 끝에 다다랐지만, 넌 여전히 8살의 '실
종된 김 양'이네.

오랜만에 널 떠올렸던 날은 아마 내가 스물한 살 때였을 거
야. 2014년 즈음 봄에, 지루했던 강의를 마치고 봄 날씨를 맞
으러 학교를 나섰을 때였던 거 같아. 그때 캠퍼스에서 천리향
향기가 났어. 남부 지방에서만 자생한다는 천리향이 그곳에

있을 리 없는데, 아주 비슷한 향기였어. 나도 아주 오랜만에 맡아 본 냄새였고 네가 아주 흐릿하게 떠올랐어. 천리향은 그 냄새가 천 리까지 퍼진다고 해서 이름이 그렇게 붙여졌대. 그런데 어쩌면 그 유래는 틀린 것일지도 모르겠네. 넌 천리향 향기를 타고 천 리를 넘어서도 내게 불어왔으니.

김 양, 너는 내가 초등학교에 입학하고 처음으로 사귄 친구였어. 말하는 걸 좋아하는 나와 듣는 걸 좋아하는 너는 죽이 잘 맞았지. 우리의 하굣길에는 천리향이 많이 심어져 있었어. 우린 그 천리향이 가득한 하굣길을 항상 같이 걸었어. 각자 반은 달랐기 때문에 점심을 같이 먹는다거나 수업을 같이 듣는다거나 할 수는 없었지. 복도에서 너를 가끔 마주치면 너의 흰색 실내화에 묻은 작은 때를 유심히 봤던 기억이 나. 너는 가끔 내가 아니라 너와 같은 반인 A 군과 하교하기도 했어. 그럴 때면 난 그 A 군이 괜히 미워지기도 했고. 너랑 하교하는 짝꿍은 항상 내가 되고 싶었거든. 어린 나이에 질투를 한 건지, 난 그 A 군을 은근히 시기했어. 지나가다가 마주치면 괜히 흘겨보고는 했던 기억도 나네. 확실한 건, 너와 A 군 사이만큼 너와 내가 친하지는 않았어. 그래서 언제나 난 너와 더 친해지고 싶어 했지. 약속을 할 때면 항상 새끼손가락을 걸고 하던 넌, 그날도 내게 새끼손가락을 내밀었어.

"내일 우리 집에 놀러 와."

우린 운동장에서 새끼손가락을 걸고 약속했어. 그렇게 헤어
졌지. 그런데 넌 그 약속을 지키지 않았어. 다음 날 너는 학교
에 나오지 않았고 그다음 날도 나오지 않았으니까.

네가 이틀째 결석하던 날 밤, TV 뉴스에는 우리 학교가 나
왔어. 난 우리 학교가 TV에 나와서 철없이 신기해했지만, 어
른들의 표정은 좋지 않았어. 다음 날부터 하교 시간이면 어른
들이 항상 교문 앞에서 기다리다가, 아이들의 손을 잡고 집에
가곤 했어. 그 어른들은 네가 증발했다고 말했어. 사라지고 나
서 협박 전화 한 통 없는 것 보니, 이미 죽었을 거라고 말하기
도 했어. 난 그 말이 무슨 말인지 잘 몰랐어. 나에게 누군가가
영원히 없어진다는 개념이 존재하지 않았었나 봐. 엄마는 내
손을 꼭 잡고 천리향 향기가 나는 하굣길을 걸으며 같은 말을
반복했어.

"모르는 사람이 같이 가자고 하면 절대로 따라가면 안 돼."

넌, 모르는 누군가를 따라갔는지 그 길에 다시 나타나지 않
았어. 나는 너와 걷던 하굣길을, 엄마와 누나와 걷는 날이 많
아졌지.

지금은 너와 함께 걷던 하굣길로부터 천 리가 넘는 곳에서 지내고 있어. 천리까지만 전해진다던 그 천리향 향기는 봄마다 이곳까지 전해지고는 해. 그렇게 네가 증발한 지 20년이 다 되어 가지만, 너와 맡던 그 향기는 증발하지 않고 수십 년째 내게 잔향이 남아 있어.

봄마다 어렴풋이 생각나는 너의 이름을 검색해 봤어. 너의 실종을 알리는 옛날 기사에는 네가 증발하기 10분 전을 생생하게 묘사하고 있지.

'실종된 김 양은 이날 같은 반 친구 A 군과 S여고 입구 횡단보도까지 함께 걸어갔다고 한다.'

이제 곧 봄이 와. 천리향은 올해에도 어김없이 내가 있는 곳으로 불어오겠지.

나 때문에 우리 팀 팀장이
다른 팀 팀장과 싸울 때

　이전 회사에서 일을 할 때, 평소에도 말을 조금 거칠게 하는 개발 팀 팀장 A가 있었다. 가끔 그와 협업을 해야 할 때, 난 항상 살얼음판을 걷는 기분이었다. 그 날은 나의 기획을 그가 개발할 수 있도록 토스해 주는 미팅 날이었다. 그런데 내가 기획안을 조금 모호하게 전달한 모양이었다. 구체적으로 설명하지 못한 나의 탓이 분명했다. 아니나 다를까 그는 이렇게 말했다.

　"들으면서 되게 짜증 났던 게, 구체적으로 어떤 걸 보고 싶은 건지 도통 알 수가 없어서요. 개발자랑 대화할 때 이런 식으로 말하지 마세요."

　당황스러웠다. 그가 감정을 직접적으로 드러내는 것도 당황스러웠지만, 내가 상대방의 기분을 그르칠 정도로 모호하게 말했다는 것이 미안했다. 당시 미팅에는 우리 팀 팀장도 함께 있었는데, 그는 발끈하며 말했다.

"A 님. 짜증 났다느니 하는 그런 감정적인 워딩은 삼가 주세요. 같이 일하려고 모인 사이에, 자기 기분 드러내는 건 성숙하지 못한 행동 아닌가요?"

이 말을 듣던 A도 마찬가지로 발끈했다.

"아니 그럼 짜증 난 걸 짜증 났다고 표현하지 뭐라고 하죠? 애초에 구체적으로 업무를 전달했으면 이런 일도 없었겠죠."

내가 구체적으로 말하지 못해 나의 팀장과 개발자 A가 싸우는 상황이 된 것이다. 정말로 내가 앉아 있는 의자에 수천 개의 가시가 돋치는 기분이었다.

"기획자가 하는 말이 모호하게 들렸으면, 어떤 부분이 잘 이해가 가지 않는데 구체적으로 더 설명을 해달라고 말하면 되는 거 아닌가요?"

"제가 미팅 할 때마다 그렇게 구구절절 말해야 하나요?"

"말 못 할 이유는 뭐죠? 그게 어려운 건가요?"

"솔직히 짜증 났다는 말 하나 때문에 이렇게 발끈하는 것도 이해가 안 가는데, 미팅 할 때마다 기획자 말에 다 맞춰 달라니 더 어이가 없네요. 화내야 하는 건 제 쪽인 거 같은데요."

"어떻게 그걸 기획자한테 무조건 맞춘다고 생각하세요? 협업하는 사이에, 더 좋은 결과물을 위해서 서로 더 노력하자는 거죠. 그걸 왜 한쪽의 일방적인 희생이라고 말씀하세요?"

식은땀이 등을 적셨다. 모든 게 나 때문에 일어난 거 같았다. 물론 우리 팀장과 개발 팀 팀장 A의 사이는 원래부터 좋지 않았다. 하지만 나로부터 촉발된 사건이었고, 중간에 낀 내가 할 수 있는 건 나를 죽일 놈으로 만들며 자리를 마무리하는 것 말고는 없는 거 같았다.

"요즘 업무도 많으신데 제 말이 좀 답답하게 느껴지셨을 거 같아요. 같이 일하는 사이고 기획자로서 명확한 구체성을 보여야 하는데, 그러지 못해서 죄송해요! 반성하겠습니다. 다음부터는 제가 모호한 지점이 없도록 커뮤니케이션에 힘쓰겠습니다!"

어색한 웃음을 지어 보이는 나의 입꼬리는 이미 파르르 떨고 있었다. 개발 팀 팀장은 적당히 알았다는 말과 함께 자리를 떠났다. 팀장은 트러블 나지 않게 잘 마무리했다며 나를 감쌌다. 하지만 협업할 때는, 주도권을 잘 잡아야 한다며 잘 보고 배우라고 했다.

이쯤 되니 내가 회사에 일을 하러 온 건지 싸우러 온 건지 도저히 알 수가 없었다. 물론 직장에서 일을 하다 보면 어느 정도의 의견 차이는 있을 수 있고 마찰도 있을 수 있다. 하지만 이것은 긍정적 결과를 위한 대화가 아니었다. 그저 상대방을 이기기 위한 말들이었다. 나는 이런 상황에 낄 때마다 진절 머리가 났다. 대화가 아니라, 이기기 위한 말을 하는 것이 힘들었다. 직장 생활을 고달프게 하는 게 수도 없이 많은데, 협업할 때까지조차 누군가와 싸워 이겨서 주도권을 잡아야 한다는 것에 공감하기 힘들었다. 나는 기 싸움을 하려고 온 것이 아니라 일을 하러 온 것이니까.

결국 이 일은 인사 팀에 공유됐고 HR 담당자가 중재자로 참여하는 회고 미팅이 열렸다. 오랫동안 높은 긴장 상태가 지속된 두 팀장 사이를 매듭짓자는 것이 목표였다. 그렇게 미팅에서 서로 불편했던 점과 마음이 상했던 일들에 대해 털어놓게 됐다. 나와 HR 담당자는 최선을 다해 수습했고 표면적으로는 두 팀장의 사이가 어느 정도 봉합되는 거 같았다. 그리고 뒤풀이로 술 한잔하자는 제안을 받았지만 핑계를 대고 가지 않았다. 어떻게든 서로를 잡아먹고 이기기 위해 안달 났던 사람들과 같이 술자리를 하고 싶지 않았기 때문이다. 그날 그들끼리 뒤풀이를 잘 했는지, 다음 날 개발 팀 팀장은 사내 메신저로 내게 개인 메시지를 보냈다.

'남을 배려하면서 말한다는 게 뭔지 오랫동안 생각해 볼 수 있는 기회를 가지게 된 거 같아요. 먼저 날카롭게 말해서 미안해요. 기분 나빴을 텐데도 다정하게 답해 줘서 고마워요.'

그즈음은 전 사원을 평가하는 시즌이었고 각자에게 피드백을 남길 수 있었다. 내가 받은 피드백 중 가장 기억에 남는 것은 이것이었다.

'동료에게 긍정적인 에너지를 불어넣어 주는 커뮤니케이션 능력이 훌륭해 협업하기 매우 수월함. 다정한 성격으로 팀 내에 긍정적인 기운을 퍼뜨려 팀의 사기를 북돋움.'

이 일을 계기로 이것 하나만은 더욱 확실해졌다. 난 절대로 이기기 위한 말을 하는 사람이 되지는 않을 것이다. 타인보다 우월한 위치에 서기 위해, 내가 맞다는 걸 증명하기 위해, 상대를 굴복시키기 위해 대화하지는 않을 것이다.

이 경험을 말하니 친구는 다정함도 재능이라고 말했다. 내가 가진 다정함이 재능이라면, 난 그걸 맘껏 발휘하고 영원히 간직하고 싶다. 정말이지 난 평생 다정한 말을 쓰는 사람으로 살고 싶다. 이기기 위한 대화는 결국 누군가에게 상처를 주기 마련이다. 타인에게 상처를 줌으로써 행복해질 수 있는 사람은 없다. 나의 유일한 장점이 그저 다정한 것에 그치더라도, 나는 그것에 만족할 수 있을 거 같다.

앞으로도 나는, 이기기 위해 말하는 사람을 많이 만나게 되겠지? 그래도, 나만큼은 이기려는 말보다 다정한 대화를 더 잘 하는 사람이 되도록 애써야겠다.

3부

지나간 실수에 너무 오래 머물지

말아야 할 때

나에게서 다정함을 착취하지 마세요

누군가에게 미움받는 것이 죽기보다 싫었다. 나에게 전혀 관심 없는 듯한 뉘앙스를 풍기는 걸 견디는 것도 힘들었는데, 어떤 이가 나를 미워하는 것이 느껴지면 가슴이 쿵쾅 뛰었다. 내가 어떤 잘못을 했길래 이 사람은 나를 싫어하는 걸까- 하는 생각이 머리를 뒤덮으며 불안해졌다. 지금까지의 말과 행동 하나하나를 전부 되짚으며 어떤 것이 그의 심기를 건드렸을까 고민했다. 그러다 보니 모든 행동이 어색해졌고 그 어떤 것도 제대로 해낼 수 없는 사람이 되는 거 같았다.

그래서 나는 가면극을 했다. 가면을 쓰고 사람들을 대하기 시작한 거다. 항상 웃었고 타인에게 필요 이상으로 친절했으며, 모두를 살뜰히 챙겼다. 나와 그들 사이에 대화가 비지 않게 끊임없이 말을 했다. 특히나 단체로 모였을 때는 가면극이 절정에 달했다. 분위기를 주도했고 괜한 농담을 던지고 스스로를 망가뜨리며 사람들을 웃겼다. 나 자신을 우스갯거리로 만들어 분위기를 띄웠다. 그러면 마음이 안정되는 거 같았다. 그들에게 사랑받는 기분이었다. 아니, 적어도 나를 싫어할 빌미를 남겨 놓진 않았겠구나- 하면서 안심했다.

"강산 씨는 그 밝은 모습이 참 좋아요. 항상 자신감 넘치고 웃는 모습이니까, 어디 가서든지 사랑받을 거 같아요."

사람들은 실제로 나에게 관심을 가져 줬고 나와의 시간을 즐거워했다. 내가 사랑을 받은 것이다! 정확히는 가면 쓴 나의 모습이 사랑받은 것이었지만 상관없었다. 미움받지 않는다는 사실만으로도 기뻤고 사랑받는다는 느낌에 벅찼다.

사람들이 나보고 위트 있다며, 밝다며, 자존감이 높아 보인다며, 항상 다정하고 에너지 넘쳐 보인다는 평가를 할 때면, 내가 행복한 줄 알았다. 그렇게 나는 나만의 가면극에 심취해 가면서 가면쟁이로 살았다. 사랑받기 위해 발버둥 쳤다. 내 가면극이 들키지 않게 스스로를 속이면서 지낸 거다. 언 발에 오줌 누기. 그래, 내가 가장 잘하는 것이었다. 난 당장이라도 떨어져 나갈 것 같은 발가락에 오줌을 누는 행위가, 나를 위한 안전장치라고 믿고 싶었다.

사실, 아주 잘 알고 있었다. 사람들에게 관심받고 사랑받는다는 것에 만족하면서도, 한편으로는 불안감이 아주 조용하지만, 정말 분명하게 겹겹이 쌓여 가고 있다는걸. 허술한 내 가면이 흘러내려 버리면, 흉한 얼굴이 보일까 봐 너무나도 무서워하고 있다는걸.

이러한 불안감은 자주 연인 관계에서 수면 위로 드러나고는 했다. 사람들 사이에서 분위기를 주도하고 위트 있는 내 모습이 맘에 들어 관계를 시작했던 연인은, 개인적인 관계에서 조용하고 차분한 내 모습을 불만족스러워했다. 사람들 사이에서는 활발했던 내가, 개인적인 관계에서는 전혀 노력하지 않는다고 느낀 모양이다. 난 다정하지 않은 게 아니라, 연인 관계에서만큼은 가면을 잠시 벗어 놓고 싶었을 뿐이었는데…. 그렇게 몇몇의 연인들이 커튼콜도 없이 끝나 버린 가면극에 질려 떠나 버렸다. 가면극을 해봤자 결국 돌아오는 건 상실감이었다. 그들은 아마 지금도 모를 것이다. 사람들 많은 모임이 끝나고 나 혼자 집에 가면서 어떤 표정을 짓는지, 어떤 생각을 했는지, 샤워하면서 왜 바보같이 울어 버렸는지.

떠나갔던 연인 중 한 명은 내게 말했다.

"처음엔 네가 다정한 사람인 줄 알고 좋아했어. 하지만 너는 내가 생각했던 연인의 모습이 아니더라."

나는 이 말을 듣고 오랫동안 슬펐다. 나는 다정한 사람이 아니라 그저 그랬던 척을 해왔던 걸까 싶어서. 그저 사랑받고 싶어서 했던 가면극이 불러온 부작용은 너무 심했다. 그래, 이건 벌이다. 내가 나를 숨기고 다른 사람인 척 연기했던 벌.

이런 이야기를 친구들에게 털어놓았다. 가면을 너무 오랫동안 썼더니 뭐가 진짜 나인지도 모르겠다고. 가면을 벗으면 다정함도 없는 그런 흉한 얼굴을 들켜 버릴까 봐 무섭다고. 그러자 오랫동안 나를 봐오고 깊은 관계를 유지하고 있는 친구들이 말해 줬다. 수년을 봐온 너는 충분히 다정한 사람이라고. 너의 다정함을 함부로 호출하고 재단하고 착취하는 이들은, 가면 속 너의 얼굴을 사랑할 만큼의 마음이 없는 이들이라고. 네가 필요할 땐 언제든지 다시 가면을 끼우라고. 하지만 우리 앞에서는 그렇지 않아도 된다고. 우린 너의 밝은 모습을 좋아하지만 우울하고 차분한 너의 모습도 마찬가지로 좋아한다고. 어느 한 면만 좋아하는 사람에게 애쓰지 말라고.

이젠 정말 가면극의 대단원을 맺을 때란 걸 알고 있다. 가면을 쓴 채 살아가는 건 내게 숨 막히는 일이라는 걸 너무 늦게 알아 버린 거 같지만, 더 늦기 전에 벗어야 한다. 가면 속 내 얼굴은 흉한 것이 아니니까. 난 나의 진짜 모습을 사랑하려고 한다. 누군가는 가면이 더 매력적이라고 말할지 모르겠다. 그럼에도 난 나의 본 얼굴을 사랑해야 한다. 그래야 내가 안전할 수 있으니까.

그래서, 난 나의 본 얼굴도 내 가면만큼 사랑해 주는 사람을 기다린다.

아이를 낳은 누나의 복직 준비

아이를 낳기 전, 누나는 아침 일찍 일어나 출근을 준비했다. 작은 자취방에서 나와 지하철과 버스를 타고 출근해서 일했다. 여느 직장인처럼 업무를 처리하고 깐깐한 상사들을 대하며 진땀을 뺐다. 바쁠 땐 야근까지 하며 쓰러질 때까지 일했다. 남들보다 급여가 굉장한 편은 아니었지만, 자신의 일에 열정적이었고 커리어에 욕심이 많았다. 그리고 다시 아침이 되면 지친 몸이나 마음을 채 수습하기도 전에, 또 직장으로 출근했다. 월급을 받으면 남동생에게 용돈을 주기도, 비싼 밥을 사주기도 했다. 쉬는 날이면 실컷 늦잠을 잤고 약속이 있는 날엔 마음에 드는 옷을 입고 밖에 나가 친구들과 놀았다. 아무렇게나 편해도 되는 여유를 자신에게 선물하기도 했다.

아이를 낳은 후, 누나는 아침 7시면 일어나 아이들을 씻긴다. 본인은 제대로 씻지도 못한 채 아침 식사를 준비한다. 반찬을 만들고 국을 끓이고 밥을 정갈하게 요리해 아이들에게 먹인다. 남편은 회사를, 아이들은 유치원에 가고 나면 누나는 의자에 앉아 조용한 집을 본다. 그리고 가만히 허무해진다.

아이를 낳은 후 쉬는 날에는 조금 늦게 일어난다. 가끔은 남동생과 언니를 초대해 다 같이 식사를 한다. 식사를 준비하고 끝나면 다시 치운다. 쉬는 날에도 그녀의 하루는 엇비슷하다. 언니와 남동생을 보내고 쌓인 집안일을 마무리하고 침대에 눕는다. 그러다 여전히 커리어를 쌓고 있는 친구들의 소식을 접하고, 일하던 때의 자신을 떠올린다. 다시 일하고 싶지만, 시간도 여유도 부족하다. 어떤 무심함과 무게는 자꾸 그녀의 어딘가를 짓누른다. 그렇게 그녀는 다시 허무해진다.

그런 누나가 이제 복직을 준비한다. 아이들이 유치원에 있는 시간이 조금 더 길어졌지만, 누나는 자신의 커리어를 다시 밟을 준비를 한다. 그녀는 일을 오래 쉬었다. 체력적으로 더 뛰어나고 젊은 동료들이 많을지 모른다. 손에 놓은 일들이 다시 익숙해지려면 긴 시간이 걸릴지도 모르겠다. 예전 같지 않은 자신의 업무 능력에 자책할 수도 있을 것이다. 아이를 낳기 전처럼 쓰러질 때까지 일할 수는 없을 것이다. 그녀에겐 다른 할 일이 있기에, 지켜야 할 것들이 많기에. 누나는 조금 두려울지도 모르겠다. 하지만 그렇기에 더 타오르는 마음이 생겼다. 누나는 조금 더 뜨거워졌고 조금 덜 허무해졌다. 누나는 조용히 비어 버린 무언가를 채워 가고 있다. 누나는 그제야 누나다워졌다. 아이를 낳음으로 인해 당연하지 않아진 당연한 것을 되찾아 가고 있다.

그녀의 삶을 제대로 알 리 없는 무심한 남동생은 그저 몇 줄의 글로 누나를 응원한다.

서울살이가 힘들어도,
고향엔 내려가지 않는 이유

전라도의 작은 시골에서 태어나고 자란 나는, '서울'이라는 도시에 동경심이 강했다. 지금은 이렇게 작은 우물 안에 있어도 그 밖엔 더 큰 어떤 세계가 존재할 것이라고 확실히 믿었다. 고교 시절 내내 공부를 잘하는 편이 아니었다. 한국의 고등학교에서는 입시 공부를 잘해야만 성대한 나무가 될 수 있다고 가르쳐 왔기 때문에, 나는 항상 묘목 취급을 받고는 했다. 어쩌면 묘목도 아닌 이름 없는 어떤 꽃의 씨앗 정도, 나는 딱 그 정도의 취급을 받으며 자라 왔다.

하지만 나는 이상하게도 어렴풋하지만 확실한 자신감이 있었다. 남들보다 함수나 미적분은 못 풀어도, 나만이 더 잘하는 무언가가 확실히 있을 거라는 생각을 가지고 있었다. 입시 공부가 판단의 기준이 되는 이곳에서는 비록 작은 씨앗에 불과하더라도, 이곳이 아닌 더 큰 곳에 나의 가치를 알아봐 줄 세계가 존재할 거라고, 나를 받아 줄 존재들이 있을 거라는 희망을 항상 품고 있었다.

나에게 그 큰 세계는 서울이라는 곳이었다. 대학을 고를 때 무조건 수도권을 고집했다. 전라도의 광역시에 있는 적당한 국립대학을 가라는 주변의 말을 전혀 귀에 담지 않았다. 남쪽 동네는 좁았고 내가 모르는 신세계가 너무 궁금해 미칠 지경이었으니까. 내게 서울은 신세계였고 그곳에서 주인공이 되고 싶었다. 그렇게 주위의 만류를 뿌리치고 무작정 대학을 위로 올라왔다. 그 선택이 나를 파괴하는 것이든 내 인생 최고의 선택이 되는 것이든, 어쨌든 지루하고 따분한 남쪽에서의 생활에서 완전히 탈바꿈한다는 것 하나는 확실했기에. 버스를 타고 고향을 떠나 서울로 향하면서 나는 탕아라고, 멋지게 성공하기 전까지 다시는 돌아오지 않겠다는 다짐을 했다.

서울이라는 신세계는 기대 이상이었다. 난생처음 보는 것들과 처음 먹는 것들 투성이었다(솔직히 말하면 맥도널드의 빅맥도 서울에 올라와서야 처음 먹어 보았다). 잘 알지는 못하지만 어딘가 멋져 보이는 작품들이 걸린 전시회장, 줄을 서서 타는 넓은 놀이공원, 강바람을 맞으며 맥주를 마시는 한강까지,

모든 것들이 내겐 새로웠고 흥미로웠다. 평생 이렇게 멋진 인프라가 갖추어진 곳에서 즐겁고 화려하게 살고 싶었다.

하지만 서울이라는 큰 도시에서 혼자 산다는 건, 그간 가족 안에서 누려 오던 것들을 오롯이 자력으로 수행해야 한다는 걸 의미하기도 했다. 나는 다림질을 하며 옷의 주름을 제대로 펴내는 게 얼마나 어려운 건지 스무 살이 돼서야 알았다. 요리 재료를 사서 보관하고 손질하는 게 얼마나 까다로운 일인지, 욕실의 물때를 자주 닦아 줘야 한다는 것도, 빨래와 설거지, 청소도 내가 알고 있는 것보다 훨씬 어려운 일이라는 걸 서울살이를 하면서야 알았다.

게다가, 서울엔 나보다 대단한 사람들이 너무 많았다. 우물 안에서 뭐라도 된 듯한 기분을 느꼈던 내가, 얼마나 초라한 존재인지 알게 되는 데에는 오랜 시간이 걸리지 않았다. 그들에게 열등해지지 않기 위해 나의 칼을 부지런히 갈고닦아야 했는데, 나를 담금질하는 횟수만큼 내가 부족한 사람이란 걸 계속 상기해야 했다. 인간관계도 만만치 않았다. 사람들과 끊임없이 마찰을 빚었다. 그들에게 상처를 받기도 했고 내가 상처를 주기도 했다. 연줄 하나 없는 서울에서 나는 외로웠고 때로는 주저앉아 버리고 싶었다. 특히나 한 달에 한 번씩 내야 하는 월세와 통장의 잔고는 가장 빠르고 확실하게 나의 목을 졸랐다. 가끔 스스로 푼돈을 벌거나 부모님에게 손을 벌렸는데,

그럴 때마다 부모라는 경제력의 그늘에서 참 오래도 편하게 쉬어 왔다는 생각을 했다.

이런 것들은 고향에서 가족이라는 그늘 아래서 너무 당연하게 누려 온 것들이었다. 원래는 이렇게나 어려운 일들이, 고향에 있었다는 이유로 당연스럽게 어렵지 않았던 것이었다. 살이 찢어져 피 흘리고 아프다가 새살 돋는 걸 몇 번이고 반복하는 것이 담금질이고 성장통이라고 한다지만, 당시의 나에겐 너무 힘들어서 도망치고 싶었고 울고 싶었다.

그렇게 담금질을 당할 때마다 고향으로 돌아가고 싶었다. 고향에 내려가면 푹 쉴 수 있으니까. 머리 아픈 고민은 하지 않아도 됐으며 돈을 많이 쓸 이유도 없으니까. 내게 그리움은 자주 익숙한 풍경과 음식의 맛으로 다가오고는 했는데, 고향에는 파도 소리를 들을 수 있는 바다가 있었고 내가 가장 좋아하는 엄마의 김치를 마음껏 먹을 수 있었다. 그렇게 난 고향이 주는 알 수 없는 편안함을 그리워했다.

서울살이가 강한 볕 아래에서 피와 살을 튀기며 싸우는 전쟁터였다면, 고향은 나무 그늘 아래서 등 대고 가만히 눈 감고 있을 수 있는 곳이었다. 뜨거운 햇볕을 온몸으로 견뎌야 하는 서울과는 달리, 고향은 그늘이었다. 눈살 찌푸리지 않아도 모든 게 확연히 보이는 곳이었다. 그만큼 고향은 서울엔 없는 안정감이 있었다. 그래서 가끔은 도망치고 싶었다. 그늘 아래서 계속 쉬고 싶었다. 더 큰 세계와 흥미로움을 찾아 서울로 떠났던 미성년의 다짐은 그렇게 쉽게도 부서지는 것이었다.

하지만 고향에 내려가도 느껴지는 안정감은 하루 이틀뿐이었다. 고향에서 편하게 지내는 며칠이 지나면 나는 확실히 망가지고 있다는 느낌을 받았다. 고향 그늘 아래서 시원하게 쉬다 보면 그늘을 벗어나 달리고 싶은 욕망이 끓어올랐으니까. 아직 내가 이뤄 내지 못한 것들을, 꿈만 꾸고 있던 것들을 성취해 내서 나 자신을 더 사랑하고 싶었으니까.

고향에 있다 보면, 나는 주변에서 인정받고 결국엔 내가 나를 인정하며 진짜 나 자신이 어떤 사람으로 어떻게 살아가야 할지 알아내고 싶은, 그런 사람이란 걸 아주 잘 알게 됐다. 그러기 위해서는 그늘이 아닌 볕이 내리쬐는 전쟁터에서 끊임없이 싸워야 했다. 수십 번이고 나 스스로를 더 담금질해야 했다. 그렇게 나는 고향이라는 편안한 그늘 아래서 쉬는 동안에, 내가 놓쳐 버릴지도 모르는 것들을 안타까워했다. 안정감은 나를 쉬게 했지만 동시에 무언가를 이뤄 내고 싶은 나의 욕구를 더욱 끓어오르게 만들기도 했다. 그때 깨달았다. 그늘에서 꽃은 필 수 없음을.

그래. 내가 씨앗 혹은 묘목이라면, 편안하기만 한 고향에서 나를 꽃피울 수는 없는 거였다. 탓아는 탓다. 볕 아래에서 자신의 꽃을 만개하고 나서야 고향에 멋지게 돌아가고픈 그런 허세를 가진 존재다. 아무것도 아닌 채로, 내가 나에게 만족할 수 없는 상태로 고향에 다시 돌아가 버리는 것은, 나 같은 탕아들에게 너무 수치스러운 일인 것이다. 상경의 명분과 다짐을 잃어버린 채, 꽃이 되지도 못한 채 그늘로 돌아가는 건 내게 패배와 다름없었다. 나는 이곳에 오래 머물러서는 안 됐다. 어디로 가야 할지 제대로 모르지만, 그곳이 고향은 아니었다. 나는 다시 도망쳐야 했다. 먼 길을 지나온 삶이기에 어쨌든 다시 그늘을 벗어나 볕 아래서 싸우고 있는 저들 틈에 껴야만 한다고 생각했다.

누군가는 이것을 미련하다고 말할지도 모르겠다. 괜한 고집이라고, 그 어떤 생산성도 없는 자아도취라고. 마치 자신의 말이 틀렸음을 짐작하고 있음에도 끊임없이 자기가 맞다고 우기는 어린아이 같은 짓이라고.

맞다. 정확히 맞는 말이다. 난 그런 부류였다. 나는 어떻게든 내가 맞다고 발악하는 그런 존재일지도 모른다. 그렇기에 나는 그 아이들의 마음을 너무나도 잘 알고 있다. 자신의 말이 틀렸다는 걸 알았음에도 어떻게든 고집부리는 이유는, 이렇게까지 온 이상, 내 말을 도로 물려 버리면 내가 나 자신을 용서할 수 없기 때문이다. 자존심의 문제인 거다. 여기서 물러나면 지는 거니까. 그런 나 자신의 모습을 내가 용서할 수 없으니까. 그래서 난 그런 아이들을 미련하다거나 바보 같다고 표현하지 않겠다. 그래야 탕아기에. 그런 탕아의 마음을 너무나도 잘 알고 있기에.

　나는 오늘도 뜨거운 볕 아래서 달리고 있는 탕아들을 응원한다. 그들의 삶은 유난히 고집 세고 자존심 센 어느 누군가의 이야기가 아니라, 어쩌면 나같이 선택의 결과에 멋져 보이고 싶은 탕아의 이야기이기에.
　가끔 너무 치열하게 살아가 자신을 불태워 버리는 탕아들을 동정할 필요도 없다. 내가 아주 잘 아는데, 그런 탕아들은 동정도 별로 안 반가워한다. 그냥 내버려 두고 보시라. 아마 그들은 결국에야 자신을 사랑해 버리고 말 것이다. 그들은 결국에야 멋져지기 위해 어떻게든 치열하게 살아갈 것이다.

아빠도 누군가의 아들이란 걸,
너무 늦게 알았다

할머니의 증상이 심해졌다. 할머니의 증상은 할아버지가 먼저 떠나시고 시작됐다. 증상은 아빠와 엄마가 직접 돌보는 것으로는 부족할 정도로 악화됐고, 결국 아빠는 할머니를 요양원으로 모셨다.

내가 기억하기로 할머니는 주체적이고 당당하신 분이었다. 할 말은 하시는 분이었고 몸이 불편해지기 전까지 밭일도 굉장히 열심히 하셨다. 할머니는 막내아들인 아빠를 막둥이―라고 부르며 아꼈고, 아빠를 가르치기 위해 열심히 일하셨다. 아빠는 어려운 시골 집안에서 자신을 가르치기 위해 최선을 다하신 할머니와 할아버지의 마음을 잘 알고 있었고 시골을 떠나 가까운 도시에서 열심히 대학을 다녔다. 대학을 마치며 아빠는 서울로 올라가 일을 구할 수도 있었다. 서울은 기회의 땅이었고 젊었던 아빠와 친구들은 상경해서 그 기회를 쥐기 위한, 불타는 마음을 가지고 있었다. 아빠에게도 뜨거운 열정이 가득했다.

하지만 아빠는 할머니 할아버지와 더 멀어질 수 없었다. 온몸을 다 바쳐 자신을 뒷바라지해 준 가족을 떠날 수 없었던 것이다. 그렇게 아빠는 고향으로 돌아가 사업을 시작했고 그 사이 서울로 올라간 친구들은 큰 성공을 거뒀다. 언젠가 아빠가 본인도 그때 서울로 올라갔다면 더 큰 사업을 했을지도 모른다고 말한 적이 있었다. 그래도 아빠는 전혀 그 선택을 후회하지 않는 것으로 보였다. 아빠에겐 가족을 자주 보고 사랑하는 가치가 더 중요한 것이었다.

아빠는 항상 바빴지만 가족에 관한 일이라면 무조건 두 팔을 걷어붙이고 나섰다. 그런 아빠의 모습이 나에겐 큰 산처럼 든든하게 느껴졌다. 아직 쌓아 올린 것이 없는 언덕인 나에게 아빠는 절대 무너지지 않을 거 같은 존재였다. 가족을 지키려는 본능이 강한 아빠를 보고 있으면, 만약 내가 세상 모두에게서 버려지더라도 아빠에게는 버림받지 않을 수 있지 않을까 하는 생각이 들었다. 그렇게 아빠와 가족은 내가 어디선가 길을 찾지 못하고 헤매더라도 돌아갈 곳이 확실히 있다는 안정감을 줬다.

하지만 단단한 산 같던 아빠의 역린 또한, 가족이란 존재였다. 할아버지가 돌아가시고 할머니까지 건강이 악화되면서 아빠의 산은 조금씩 낮아졌다. 할머니는 조금씩 가족의 얼굴을 머릿속에서 지우셨는데, 손주인 나나 며느리인 엄마, 심지어 아빠도 알아보지 못하는 때도 있으셨다. 그렇게 아빠는 할머니가 세상을 떠나는 날을 대비해 마음을 가다듬으셨다. 할머니가 떠나실 날이 머지않은 거 같다고 말하던 아빠는 무덤덤한 척했지만, 어딘가 위로가 필요해 보였다. 하지만 무심하고 미련한 아들인 나는, 아빠를 위로하는 방법조차 몰랐다.

할머니가 돌아가셨다. 장례식장에서 아빠는 바쁘게 손님을 맞이했다. 쏟아지는 손님과 인사를 하고 대화를 나누는 아빠는, 슬퍼할 여유가 부족해 보였다. 이런 말은 도대체 왜 하는지 모르겠으나, 식장 곳곳에서 호상이라는 소리가 들렸다. 나는 그런 말이 아빠에게 위로가 될지 알 수 없었다. 아빠는 그저 그들에게 와주셔서 감사하다는 인사를 할 뿐이었다. 그렇게 아빠는 슬퍼하는 모습을 모두에게 보이지 않았고 성숙하고 능숙하게 그들을 대했다. 나는 그런 아빠를 보며 정말 어른 같다고 생각했다. 하지만 저런 게 어른의 모습이라면, 어쩌면 난 평생 어른이 되지 못할 수도 있겠구나 하는 생각도 했다.

입관식을 했다. 꽃이 가득한 관에 할머니를 모시기 위해 모두가 모여 마지막으로 할머니를 만났다. 할머니는 가지런한 수의를 입은 채 누워 계셨다. 그런 할머니의 모습을 보고 나서야, 아빠는 울음을 터뜨렸다. 아빠는 할머니의 얼굴에 자신의 얼굴을 비비며, "엄마, 엄마" 하며 울었다. 할머니의 수의에 아빠의 눈물이 적셔졌다. 그때야 알았다. 사실 아빠도 누군가의 아들이라는 것을. 엄마를 잃은 슬픔에 젖어 엉엉 우는 아이라는 것을. 아빠는 그저 가족에게 최선을 다하기 위해 산처럼 버틸 수밖에 없었던 한 명의 외로운 아이였음을.

할머니가 돌아가시고 시간이 흘렀다. 가끔 아빠는 할아버지 할머니 꿈을 꾸는 듯하다. 저번에는 꿈에서 혼났다고 한다. 그럴 때면 아빠는 늙은 아들이 되어 할아버지 할머니 산소에 들러 인사를 드린다. 인사를 끝내면 아빠는 여전히 나의 아빠로 살아간다. 자신의 가족을 지키는 한 가정의 아빠로 다시 살아간다.

가끔 그런 생각을 한다. 아빠도 어른이기 전에 누군가의 아들인 아이였다는 걸, 난 너무 늦게 알아 버린 건 아닐까?
덤덤하게 다시 어른의 삶을 살아가는 아빠. 산처럼 살아갈 수밖에 없었던 아빠. 어느새 아빠보다 훨씬 커버린 나는, 그런 아빠를 가만히 안아 주고 싶다.

괜찮아, 포기하느라 수고 많았어

회사를 그만두고, 얼마 가지 않아 만나던 연인과도 이별을 고했던 적이 있었다. 다달이 찍히는 230만 원의 월급과, 매시간 연락하며 많은 걸 나누던 애인을 포기한 거다.

회사를 포기하려고 했을 땐, 내적 갈등이 이미 최고조였다. 내가 맡은 업무에서 느낄 수 있는 기쁨이나 의미가 전혀 없었다. 성취감도 나 자신에 대한 쓸모도 느껴지지 않았다. 불합리한 일을 겪어도, 조직의 수직성에 굴복해야 한다는 게 못마땅했다. 억울한 일이 생겨서 누군가 피해를 보게 돼도 어느 한 명의 잘못으로 떠넘기는 시스템 또한 받아들이기 힘들었다. 이런 이유로 퇴사를 고민했을 때, 몇몇 사람들은 내게 꽤 아픈 말을 했다. 사회란 원래 그런 거라고, 모두가 다 참으며 사는 거라고, 네가 하고 싶은 것만 하면서 살 수는 없다고. 사실 난 누구보다 더 잘 알고 있었다. 미쳐 돌아가는 세상의 순리 따위를 모르는 건 아니었다. 퇴사를 고민하며 동시에 나를 탓했었다. 혹시 내가 나약한 건 아닌지, 내가 제멋대로고 철이 없어, 고생을 덜해 봐서 그런 건 아닌지. 그렇게 누구에게도 기댈 수 없었던 나는, 아래로 더 아래로 침전하기만 했다.

결국 난 무작정 퇴사를 했다. 날 못마땅해하던 상사와 불화를 겪은 후에 경영진과 상담을 통해 퇴사를 한 거다. 하지만 그 소식을 알리기 무서웠다. 친구들에게도, 가족들에게도. 난 퇴사 소식을 유일하게 당시의 연인에게 알렸지만, 그 사람은 나의 이야기를 궁금해하지 않았다. 그 사람에게도 그 사람 몫의 슬픔이 있었다. 그는 나의 감정을 안아 줄 수 있는 상태가 아니었다. 자신의 슬픔에 취해 날 돌볼 여유 따윈 없었던 것이다. 나는 연인에게 나의 슬픔을 같이 안아 달라고 떼쓰는 어린아이가 되고 싶지는 않고, 오히려 그 사람의 슬픔을 더 안아 주려고 했다.

내가 안기고 싶은 만큼 그 사람을 안아 주려고 했다. 내가 먼저 그것을 베풀면 나도 그런 포근함을 되돌려 받을 수 있을 거라고 생각했던 거다. 하지만 그 사람에게는 그 사람만의 시간이 필요했다. 그 누구에게도 침범당하고 싶어 하지 않는 그의 확실한 영역 의식이 나를 더 외롭게 만들었다. 물론 그걸 존중하지만 심리적으로 흔들리는 상태였던 나는 연인과 멀어질 수밖에 없었다. 나중에 안 사실이지만, 그도 결국은 위의 몇몇 사람들처럼 나의 퇴사를 이해하지 못했고 나를 순진하고 철없는 이상주의자로 생각하고 있었다.

정말로 친한 친구들에게 자연스레 퇴사 이야기를 하게 됐다. 나의 상태가 좋지 못하다고 눈치챈 친구들이 나를 걱정하기 시작했기 때문이다. 그들에게 넋두리하는 거 같아 슬펐다. 하지만 이럴 때 내가 입을 꾹 닫아 버리면 그들이 내밀어 준 손과 다정함을 무시하는 것과 다름없다고 생각했다.

예전에는 나를 위해 입을 다물고 동굴로 들어간다고 생각했지만 아니었다. 나를 위한 그 행동이 나의 소중한 사람들에게는 상처를 주는 시간이었다는 걸 알게 됐으니. 나는 친구들에게 그런 것도 버티지 못했다고 혀를 차던 사람들 얘기와, 연인에 관한 이야기도 했다. 다행히도 좋은 친구들을 둔 난, 그들에게 위로를 받을 수 있었다. 그들은 나와 마찰하던 동료를 시원하게 욕해 줬고, 나의 결정을 존중해 줬다.

그중 기억에 남는 말은, 친한 후배 이슬이가 했던 말이다.

"고생 많았어요. 근데 그 사람들 진짜 웃기다. 오빠가 퇴사 결정을 내리기까지 그 사람들이 쉽게 내뱉었던 그 말들보다 훨씬 더 많은 생각을 했을 텐데. 함부로 말하는 거 진짜 비겁

해요. 왜 사람들은 포기한 사람들에게 나약하다고 그럴까요? 포기하는 게 얼마나 어렵고, 용기가 필요한 일인데."

그 말을 들은 뒤로, 난 용기 내서 가족들에게도 퇴사 소식을 전했다. 가족들이야 하는 소리는 뻔했다. 직장에서 그런 일은 흔한 것이며 그런 걸 참아 낼 수 있어야 한다는 것이었다. 이번엔 그 말들이 아프게 다가오진 않았다. 내가 내린 결정은 나약함이 아니라 용기임을 이슬이가 알려 줬기 때문이다. 그래서 용기 있게 애인과도 헤어진 거였다. 서로의 다름을 맞춰 가는 과정에서 오는 스트레스를 서로가 버티기 힘들어했기에, 그만두기로 한 것이다. 둘 다 쉽지 않은 결정이었다. 하지만 나의 이런 결정을 의미 있게 만들어 준 건, 이슬이의 말이었다. 난 누군가의 말 한마디에 죽기도 하고 살기도 하는 그런 사람인 걸까 싶었지만, 그것이 나약함이라고 생각하지 않기로 했다. 나는 위로와 지지로 힘과 용기를 얻는 그런 부류의 사람이니까. 애정 어린 채찍질을 무조건 악이라고 할 수는 없지만, 나에게는 위로와 지지가 세상을 버티며 살아갈 수 있는 재료임을 잘 알고 있으니까.

누군가가 자신이 포기할 수밖에 없었던 경험을 내게 꺼낸다면, 난 그의 슬픔을 들어 보고 싶다. 그가 그런 결정을 내리기까지 겪어 온 수많은 일들과 감당해야 했던 감정들을 생각하고 싶다. 나는 함부로 판단하지 않고 가만히 그의 말을 듣고만 싶다. 말, 누군가를 죽이기도 하고 위로하기도 하는, 얼마나 신기한 건가 싶다.

난 가끔 이슬이처럼 나를 위로하던 이들의 모습을 떠올린다. 이들은 타인을 위로할 수 있는 존재가 될 때까지, 얼마나 많은 슬픔을 혼자 감당하며 자라야 했을까? 언젠가, 이슬이가 포기한 것들에 대해 꺼내 놓는다면 말해야겠다.

괜찮아, 수고 많았어. 쉽지 않은 결정이었을 텐데 네가 널 위해서 용기 낸 거 알아. 네가 내게 알려 줬던 것처럼 너도 네 탓하지 말고 널 칭찬해 줘.

지평선, 지수 그리고 가면 쓴 광대들

지수를 처음 만난 건, 2016년 9월이었다. 난 군 복무를 마치고 갓 복학한(인정하기 싫지만 그녀의 말마따나 아저씨 같은) 더벅머리(전역한 지 얼마 되지 않아 머리 기르는 것을 끔찍이도 사수하던 시절이었다)의 복학생이었고, 지수는 새내기 신입생이었다. 대학교 1학년이라면, 세상의 모든 것이 궁금하고 뭐든지 전부 재밌게만 느껴지는 시기일 텐데, 지수는 어쩐지 조금 달라 보였다.

지수와 나는 전공 수업 시간에 만났는데 그 수업은 주로 고학번들이 듣는 인기 없는 수업이었다. 지수는 고학년들 틈에서 그녀의 무리와 함께, 수업에서 눈에 띄지 않고 조용히 묻어가고 싶은 것처럼 보였다. 하지만 그녀들은, 재잘재잘 떠드는 소리와 숨길 수 없는 존재감 때문에 자주 교수님의 눈에 띄어 질문 공세를 받아야 했고, 참신한 오답으로 선배들의 실소를 터뜨렸다. 선배들의 실소에 그들은 창피한지 얼굴을 붉혔지만, 새내기 나름의 산뜻함이 묻어 나왔기 때문에 선배들은 그녀들을 전부 귀엽게 봤었다.

여기까지만 보면 지수는 정말 쾌활한 아이처럼 느껴지겠지만, 내 눈엔 그렇게 보이지 않았다. 지수의 주변에는 항상 친구들이 많았으나, 그녀는 주변 친구들의 기분과 맥락을 파악한 뒤에 적당히 맞춰 주는 듯 보였다. 무언가 항상 지겨워하는 듯했으나 그것을 아주 영리한 가면으로 숨기는 거 같았다. 잘 맞지 않는 사람에게도 기어이 잘 맞춰 주고야 마는, 그러니까 한쪽 다리가 짧은 의자 위에서 어떻게든 견디려는 사람처럼 보였다. 나 또한 그랬던 적이 있었지만 그즈음 나는 의자를 버리고 걷기를 택한 시기였다. 덜거덕거려도 앉아 있음에 만족하는 건, 자신에게 징벌적인 횡포임을 느꼈었기에.

여하튼, 그녀의 행동은 내가 지금껏 아주 능숙하게 해왔던 가면 놀음이었기에 난 그녀의 가면을 아주 잘 알아챌 수 있었고, 나는 마음속으로 쾌재를 외쳤다. 쟤는 나와 같은 광대임이 분명하다!

곧이어 그 수업에서 조를 짜게 됐고 교수님은 1학년이었던 지수와 친구들을 한 명씩 찢어 선배들의 그룹에 넣었다. 원래는 그녀와 동명이인이었던 다른 지수가 나의 조에 올 예정이었지만, 지수는 특유의 주접을 떨다가 그만 교수님이 그녀를 우리 조로 넣어 버렸다. 그녀의 주접이 무엇이었는지 지금 기억나지는 않으나(만날 때마다 주접을 하도 많이 떨었기 때문이다) 그 우연한 사건으로 인해, 그녀는 나라는 사람을 만나는 지옥행 급행열차를 타게 됐다.

지수와 나는 둘 다 술과 영화를 좋아한다는 공통점이 있었고 가면 놀음을 일삼는 광대였으니 죽이 잘 맞았다. 매일 같이 술을 마셨고 술에 취해 노래를 부르고 춤을 췄으며 꼴 보기 싫은 사람을 안줏거리 삼아 물어뜯었다. 나는 취하면 자주 그녀에게 이제 그만 덜거덕거리는 의자에서 일어나 걸어가라고 호통쳤다. 사실 나도 제대로 걷지 못했으면서 말이다.

지수는 얼마 가지 않아 정말로 의자에서 일어났다. 자신을 힘들게 하는 관계를 끊어 내고 혼자 걷기 시작한 것이다. 하지만 지수 신발 안엔 가시가 많았다. 어쩌면 그가 쉽게 걷지 못했던 이유는, 한쪽 다리가 짧은 의자에라도 앉는 게 걷는 것보다는 덜 아프기에 그랬던 것일까 생각했었다.

시험 기간 때는 같이 공부하자며 카페에 갔다. 나는 10분도 제대로 앉아 있지 못하는 사람이었지만 지수는 나와 달리 집중력과 단기 기억력이 뛰어났다. 나는 그런 그녀의 공부를 시답지 않은 농담으로 훼방 놓은 적이 많았다. 하루는 공부하는 그녀에게 술 마시러 가자며 술집으로 이끄는 만행을 저지르기도 했다. 술을 마시며 누구에게도 보이기 싫은 마음의 슬픔을 털어놓았고 울기도 웃기도 했다. 우리는 그날 신발 속의 가시로 피를 흘리는 와중에도, 아프지 않은 척 가면을 쓰고 광대처럼 살아야 했던 이야기를 나눴다.

나는 이십 대 중반이 돼서야 깨달은 것이 있는데, 광대는 구경꾼들에게는 한없이 가면 놀음을 잘할 수 있으나 자신과 같은 광대를 만나면 그 가면이 너무나도 허술해져 버린다는 것이다. 지수와 나는 서로의 가면 너머를 알아주길 바랐다. 허나, 고작 어릿광대였던 우리는 너머를 해석할 수 있는 능력이 없었기에, 너무나도 많이 싸웠다.

학교 근처에서 자취했던 지수는 오전 수업에 늦지 않고 잘 왔지만, 난 학교 멀리서 자취를 했고 매일같이 지각을 일삼는 배울 것 없는 선배였다. 쨌든 나는 두 살 연장자로서 더 성숙해야 하지 않을까— 생각했기 때문에, 지각을 하면서도 그녀가 좋아하는 아이스 아메리카노를 화해의 표시로 그녀에게 전하고는 했다. 지금의 지수는 당시의 그런 나를 보고, 지각한 주제에 아메리카노 두 잔을 당당하게 들고 (학생들과 교수의 눈치 따위 보지 않은 채) 강의실에 입장하면서, 얼음이 반쯤 녹아 미지근해진 커피를 자신에게 주는 나를 보고는, 쟤는 확실히 정상은 아니구나- 생각했다고 회고한다. 이쯤 되니, 우리는 서로를 참는 것이 아니라 스스로를 참아 냈다고 하는 것이 맞는 거 같다. 그렇게나 자주 싸우고 아이스 아메리카노로 화해한 뒤 술로 우애를 다지는 되바라진 대학생이었던 우리는, 얼마 가지 않아 졸업을 앞둔 흔한 고학력 백수가 됐다.

우리는 무슨 일을 해야 할지 제대로 알지 못했다. 나는 직장을 번번이 때려치웠으며 지수는 진로에 대해 고민하면서 아르바이트를 하며 지냈다. 우리는 지금 걷는 길이 정말 자신의 길이 맞는지 끊임없이 의심해야 했다. 눈을 가리는 장막들이 너무 많기 때문이다. 그렇기에, 이 길이 나의 길인 거 같아 걷다가도 지평선을 보지 못한 채 주저앉아 버리기 일쑤였다. 내가 직장을 그만둘 때마다 모두가 나의 끈기 없음에 혀를 찼지만 그녀는 달랐다. 내가 행복하지 않으면 관두는 게 맞다며, 같이 퇴사 축하 음주를 해줬다. 지수는 정규직 입사 난이도의 사무직 아르바이트 면접을 보고 어렵사리 입사해, 정규직 상사들의 비위를 맞춰 주다가 기를 쏙 빨리고 나면, 나와 술을 마시곤 했다. 그제서야 우린 서로에게 가면을 내려놓을 수 있는 광대 정도는 된 것이다. 지평선이 보이려다 말고, 보이려다 말고…. 장막에 눈이 가려지고 장애물에 넘어져도 바보 같은 걸음을 계속하면서, 우린 서로의 광대스러움에 웃으며 주저앉은 채 술이나 마셨다.

6년 지기가 된 지금에도, 여전히 우리는 서로의 가면 너머를 잘 알지 못한다. 달라진 게 있다면, 그때는 싸웠지만 이제는 서로 조용히 울어 준다는 것이다. 왜 우는지 굳이 묻지 않을 때도 많다. 하지만 서로가 울었단 사실은 눈치챌 수 있기에, 그저 같이 술잔을 흘러 주기만 한다. 그렇게 각자 다른 이유로 같은 술을 마시면, 서로 자신의 우아한 인품 덕분에 이렇게 관계를 유지하는 것이니까 자신에게 잘하라고 온갖 오만방자함을 부리는 것을 잊지 않는다.

술만 취하면 친구들에게 전화해 주정을 부리던 술버릇은 20대 초반에 고쳤지만(대신 카톡을 남기는 것으로 바뀌었다), 난 20대 후반이 되어도 여전히 그녀에게는 술에 취해 전화를 건다. 그녀는 여전한 잔소리와 익숙한 레퍼토리로, 이렇게 주정뱅이의 통화를 받아 주는 사람은 자신밖에 없다며 오만방자함을 부린다. 나도 역시나 못지않은 오만방자함으로 응수하고, 결국엔 서로 크헝- 하고 코를 먹을 정도로 웃음을 빵 터뜨리고 만다. 그럴 때면 그녀의 출혈이 심하지 않기를, 내가 아주 작은 지혈제라도 되기를 바란다.

서로 잘하려고 너무 노력하고 참는 관계는 슬프다는 걸 안다. 그래서 우리는 서로에게 너무 큰 노력을 하지 않는다. 그냥 묵묵히 같이 걷는다는 것이 어울린다. 어쩌면 나와 지수는 앞으로도 오랫동안 가면 놀음을 일삼는 광대일지 모르겠다.

우리는 아마도 계속 불안할 것이다. 아마도 광대 노릇에 지쳐 서로 술잔을 부딪칠 것이다. 아마도 서로의 가면 너머를 보지 못할지도 모른다. 하지만 괜찮다. 같은 술을 마신다는 것. 같이 걸어간다는 것. 그것이면 된다. 이런 불안정은 오히려 우리를 더 걷게 만드는 연료일 테니까. 중요한 건 우린 서로에게 가면을 내려놓을 수 있다는 사실이니까. 그것이 안전하다는 것을 잘 알고 있으니까.

앞으로도 우린 지평선을 찾으며, 서로의 광대스러움에 함께 웃을 것이다!

예쁘게 보이는 게 아니라,
나답게 보이고 싶어요

옛날에 일본에서 정육면체 모양의 수박이 유행했던 적이 있다. 수박을 아주 어렸을 때부터 정육면체 모양 틀에 가둬 놓고 키우면 그 모습대로 자라는데, 반듯한 정육면체 모양일수록 값이 더 비쌌다. 그런데, 틀에 맞춰져서 자라난 수박의 맛은 정말 형편이 없어서 도저히 먹을 수는 없고, 그냥 관상용으로 두었다고 한다.

어쩌면 나는 그런 정육면체 수박 같은 사람으로 자라 왔는지도 모르겠다. 내가 뭘 원하는지 모르고, 어떻게 살아야 하는지 고민할 시간도 없이 커버렸으니까. 나에게 정육면체 틀은 학교였다. 사회의 축소판이라는 학교는, 항상 내게 사회가 얼마나 치열하고 힘든 곳인지 아냐며 으름장을 놓았다.

초중고 학생일 땐 내가 뭘 원하는지 탐색해 볼 기회도 없이 대학에 들어가기 위해 공부를 했다. 글 쓰는 걸 좋아해서 글과 관련된 직업을 가지고 싶었지만, 그건 돈이 되지 않는다는 이야기만 들었다. 어른들은 좋은 대학과 취업이 잘 되는 과에 가지 못하면 인생의 패배자가 되는 것이라 말했다. 친구들은 명문 대학에 가지 못하면 정말로 인생이 망해 버리고, 별 볼일 없는 사람이 된다고 생각했다. 대학에 가서도 마찬가지였다. 취업이 잘 될 만한 수업과 공모전, 자격증 취득 같은 활동들을 했다. 그때도 어른들은 대기업에 들어가지 못하면 성공한 인생일 수 없다고 했다. 나와 친구들은 자연스레 높은 연봉에 높은 네임 밸류를 따내야만 성공한 인생을 살 수 있다고 생각했다. 그렇게 학교와 어른들은 정육면체 틀을 더 견고하게 조여 왔다.

나와 친구들은 그것이 불가변한 진실인 줄만 알았다. 난 대기업에 들어가기 위해 부단히 애썼다. 하지만 서류에서 번번이 불합격했고, 겨우 붙어서 면접까지 가도 결국엔 탈락이었다. 나는 오랜 시간 헤매다가 작은 회사에 들어갔는데, 커리어 컨설턴트는 이곳에서 경력을 많이 쌓아 대기업으로 점프하면 된다고 했다. 그렇게 나는 정육면체 틀에서 예쁘게 자랄 수 있을 거라고 생각했다.

하지만 틀에 나를 맞춰 간다는 건 각오한 것보다 더 어려운

일이었다. 내가 해내는 업무는 나조차도 회사를 다니면서 내
내 행복하다는 느낌을 받은 적이 없었다. 나는 주변 동료의 기
분을 파악하고 맞추기 위해 항상 눈치를 봐야 했고 시시각각
바뀌는 분위기에 따라 나를 변화시켜야 했다. 내가 그것을 잘
수행할수록 모두가 내게 싹싹하고 예쁨 받을 만하다고 평했
다. 내가 나를 죽이고 연기할수록 예쁨을 받는다는 게 헛헛했
지만, 어쩔 수 없었다. 나뿐만 아니라 모두가 이렇게 매시간
매 순간 좌절감을 참으며 살고 있을 테니까. 때로는 틀에 맞춰
질수록 예뻐지지만, 아주 확실하게 맛없어져 가고 있다고 느
꼈다. 그럴 때면 좌절감과 무력함을 참으며 나를 틀에 가둬 놓
는 게 사회고 당연한 것이라는 말로 나를 다그쳤다. 모두가 그
렇게 살고 있으니까. 이것에 적응하지 못하면, 한심한 사람이
될 게 뻔하니까. 그래서 가능한 한 최대한 틀 안에서 버텨 보
자고 생각했다.

틀에서 잠깐 나올 수 있었던 때는 퇴근하고 나서 카페에서
소설과 에세이를 쓸 때였다. 나의 글을 읽고 감상을 말해 주는
사람들과 대화할 때 행복했다. 글을 더 배우고, 많이 쓰고, 습
작을 만들어 낼 때만이 진짜 내가 되는 기분이었다.

글을 쓸 때만은 정육면체 틀에서 나와 내 멋대로 커가는 기
분이 들었다.

그렇다고 해서 돈벌이가 될 리 없는 글쓰기에 올인하는 건 모험이었다. 모험을 두려워할수록 정육면체에 단단히 끼워 맞춰져 가는 내 모습이 더욱 선명해졌고, 그 틀을 깨고 나가고 싶은 욕구도 똑같이 커졌다. 다만 용기가 없었다. 이 틀에서 한 번 벗어나면, 관상용으로 전혀 가치가 없는 사람이 될 게 뻔했으니까. 틀에서 나와 나만의 모양으로 변해 버리면, 다시는 그 틀에 들어갈 수 없을 것 같아 무서웠으니까.

이쯤 되면 결정을 해야 했다. 틀에서 나와 가난할 것이냐, 틀 안에서 다달이 일정량의 돈을 벌며 살아 낼 것이냐. 이렇게 고민하는 사이에도, 내가 얼마큼 틀이 잘 잡혔는지 평가를 받아야만 했다. 아직 틀에 잘 맞춰지지 못했다고, 다른 수박에 비해 각이 덜 졌다고 평가당했다. 나는 그것이 못내 억울했다.

나는 그제서야 확신이 들었다. 보기에는 이쁘지만 맛이 없어 손길조차 가지 않는 관상용 정육면체 수박이 되느니, 제멋대로 생겨도 스스로 맛있는 수박으로 살아야만 한다는 그런 확신.

나는 대기업에 취직하고자 하는 마음을 버렸다. 다니던 회사도 그만두었다. 정육면체 틀에서 나오기로 한 것이다. 퇴사를 하고 오랫동안 초안만 써오던 소설을 다시 썼다. 공모전에 투고했다. 취미로 써오던 글이 당선될 리는 없겠지만, 그냥 그대로도 만족스러웠다. 나는 틀에서 나오는 중이니까.

정육면체 틀에서 이쁘게 크라고 말하던 어른들이 보기엔, 내가 실패한 인생을 살아가고 있는 것일지도 모르겠다. 난 지금도 나의 글로 안정적인 경제력을 영위할 수 있을 거라는 확신을 하지 못한다. 그래도 난 누군가에게 잘 보이기 위해 가꿔지는 삶을 택하지는 않았다. 나는 나 스스로에게 더 만족할 수 있는 길을 택했다. 진짜 나다움을 이제야 찾아가고 있는 것이다. 이것이 모험이든 여행이든 난 그냥 애쓰고 있다고 말하고 싶다. 정육면체가 아니라 다른 어떤, 나만의 모양으로 자라나려 무던히도 힘쓰는 그런.

가족이란

엄마가 보이스 피싱을 당해 700만 원을 도둑맞았다. 우리 가족은 모두 모여 이 사건을 어떻게 해결해야 할지 고민했다. 내게 가장 중요한 것은 엄마의 안정감이었다. 엄마가 자신을 자책하지 않도록, 엄마는 잘못이 없다는 걸 알리고, 우리는 여전히 엄마를 사랑한다는 걸 말해 주고 싶었다.

피해자가 왜 자신을 탓해야 할까? 가해자들의 보이스 피싱 방법은 아주 교묘했다. 셋째 누나의 포털 사이트 계정을 통해 주소록을 해킹해 엄마에게 메신저로 접근했고, 누나인 척 채팅하면서 카드 정보를 알아낸 것이다. 그들은 엄마에게 앱을 설치하게 했고, 엄마의 스마트폰을 복사해 원격으로 조종했다. 그리고 그들은 대출까지 받아 해외로 송금을 하고 잠적

했다. 엄마는 큰 충격을 받았다. 700만 원을 털렸다는 사실보다, 딸이 잠깐 결제할 게 있다는 도움 요청에 허겁지겁 카드 정보를 알려 준 당신의 행동에 자괴감을 느꼈다. 한 번 더 전화해서 확인해 볼 것을-, 의심해 보고 알아볼 것을- 하며 철저하게 행동하지 못했던 당신의 행동에 후회하고 본인 탓을 했다.

엄마가 보이스 피싱을 당했다는 사실을 듣고, 서울에서 지내는 네 명의 자식들은 당장 부모님이 지내는 전라도로 내려갈 준비를 했다. 매형들은 다음 날 출근이었지만 전부 연차를 냈다. 그 저녁에 자식들은 차를 타고 내려가 새벽에 본가에 도착했다. 잠을 잔 후 다음 날부터 바삐 움직였다. 모두가 각자 역할을 나눴다. 큰 매형은 통신사에, 누나들은 경찰서에, 작은 매형은 금감원에, 나는 기타 카드사와 결제 대행사에 연락을 했다. 우린 알아낼 수 있는 모든 정황을 수집해 서로 공유했다. 주말이 끼는 바람에 수사기관 측에서는 사건 담당자가 배정되지 못했다. 나는 진술서 초안을 작성해 지금껏 수집한 정황과 팩트에 기반해 추측 가능한 사항들을 정리했다.

각자 맡은 일들을 하다 보니 저녁이 금방 왔다. 엄마와 아빠, 누나들과 매형, 나까지 모든 가족들이 모여 술 한잔을 했다. 앞으로 사건을 어떻게 해결해 나갈지 누가 담당해서 처리를 할지, 이야기를 나눴다. 이 사건을 어떻게 해결해 나갈지도 중요했지만, 나에게 더 중요한 것은 엄마가 자책감에 아파하지 않도록 하는 것이었다. 물론 누나들도 생각이 비슷했다. 우린 실없는 농담을 하며 엄마가 안정적인 상태로 돌아올 수 있도록 했다.

"엄마, 동네 이모가 알아 버렸으니까, 엄마 사기당한 거 이제 전부 소문났겠네?"

"응 그렇겠지 뭐."

엄마는 한숨을 쉬며 말했다.

"엄마, 이제 엄마한테 보험 들라고 부탁했던 분들한테 먼저 말해 버려. '소식 들었지~? 나 이번에 빈털터리 돼버렸어. 어휴~' 이렇게 하면 이제 다른 이모들도 엄마한테 뭐 사달라고 못 하지 않을까?"

내내 울상이던 엄마는 그제야 웃음을 터뜨렸다. 아빠도 너희들이 내려와서 일 처리를 다 해주니 든든하고 힘이 된다고 말했다. 일이 터지자마자 팔 걷어붙이고 똘똘 뭉친 가족의 모습에 아빠는 감동받은 듯했다. 나도 마찬가지였다. 도둑맞아 버린 700만 원이야 이제 어쩔 수 없는 것이었다. 하지만 우리 가족은 700만 원을 내고 더 끈끈히 뭉치는 경험을 했다. 우리는 서로를 탓하지 않았다. 잘못한 것은 피싱으로 사기를 친 그들이다.

어느 누구 하나도 누군가의 부주의라고 탓하지 않았다. 우린 갑자기 닥친 두려움에 함께 맞섰고 같이 용기를 냈다.

살다 보면 정말 별일이 다 생긴다. 생각했던 것보다 더 큰 위기가 찾아온다. 각오했던 것보다 더 두렵고 어려운 일들이 몰아닥친다. 그럴 때마다 우린 뭉쳐야 한다. 연대해야 한다. 서로를 탓해서는 그 무엇도 해결되지 않는다. 나는 우리 가족의 끈끈한 유대감을 믿는다. 앞으로도 더한 기상천외한 미친 일들이 많이 일어날지도 모른다. 하지만 어떤 일이 일어나든 중요한 건 믿음이다. 결코 나의 가족들에게 난 절대로 버려지지 않을 것이라는 확실한 믿음. 내가 나로서 소중한 사람이라고 인정받는 안정감. 이런 믿음을 갖는 건 너무나도 어려운 일이지만 가족이기에 굳게 지켜 나가야 한다. 어떤 일이 있든 어떤 환경에서든 가족끼리는 서로가 절대로 버려지지 않고 혼자 남겨지지 않을 거라는 확신을 줘야 한다. 그래야만 우리는 이 거칠고 외로운 세상에서 살아갈 힘을 얻는다. 난 믿음의 힘을 믿을 수밖에 없다.

어쩌면 앞으로 가족과 부딪히고 싸우는 일이 많이 있을지도 모르겠다. 가족이지만 남이고 각자가 너무 다르니까. 하지만 여전히 우리 가족은 서로의 편이라는 사실을 앞으로도 난 믿을 것이며, 믿음의 힘을 의심하지 않고 믿을 것이다. 이 거칠고 외로운 세상에서 마지막까지 내가 기대고 싶은, 내가 기둥이 되어 주고 싶은 사람들이기 때문에.

나는 이 경험으로, 새로운 가족을 꾸릴 때 딱 하나의 조건이 무엇이냐 물으면 '내가 두려워하는 것을 함께 맞서 주는 사람'이라고 말하게 됐다.

　그제야, 두려운 것에 있어서 함께 용기를 내는 존재가 가족이란 것을 정말로 알게 됐다.

월세 재계약을 했고
나는 오늘도 컵라면을 먹는다

퇴사를 하고 나서는, 월세를 내는 25일에는 밥을 거르거나 컵라면 같은 것으로 때우고는 한다. 내가 낸 월세만큼 생산적이고 가치 있는 생활을 하고 있는지 전혀 모르겠으니까. 내가 지금 미래의 나에게 미안하지 않을 만큼 잘 살고 있는지 모르겠으니까. 내가 나 스스로에게 내리는 유죄 판결. 그리고 컵라면은 일종의 징벌인 셈이다.

퇴사를 결정하고 마지막 근무 날이었다. 회사에서 그런대로 버텨 보았지만, 내가 정말로 사랑하는 일이 무엇인지 고민이 깊어지는 시점이었다. 내가 지금 하는 일이 정말로 내가 하고 싶은 것인지 의심했고, 껍데기인 채로 살아가는 게 아닐까 하는 끝없는 회의감이 드는 날이었다. 내가 나답게 살고 있는지,

그렇다면 나답게 살려면 어떻게 살아야 하는지, 그런 답 없는 질문들을 나 자신에게 해대는 날이었다.

회사에 있던 짐을 싸서 집에 들어와 방문을 열었는데, 벽에 바퀴벌레가 붙어 있었다. 여름이 되고 습해지니 종종 날벌레들이 생기긴 했지만, 정말 내 손가락 한 마디 크기의 바퀴벌레가 나온 것은 처음이었다. 그런 날에 그만 한 벌레를 보니까 몸이 정말 굳어 버렸다. 그러다 정신을 차리고 전기 파리채를 꺼내 그를 저승으로 보냈다. 나에겐 그 사체를 처리하는 것도 굉장히 고통스러웠는데, 환풍기조차 없는 욕실의 변기에 적당히 잘 버렸다.

대학 시절에 나는 벌레를 굉장히 잘 잡았다. 친구의 자취방에 벌레가 나오면 가서 대신 잡아 줄 정도였다. 그런데 지금은 아니다. 벌레가 나오는 날엔 몸이 굳고 이 거지 같은 방을 옮겨 버리겠다는 생각을 한다. 대학생 때 머물던 자취방은, '내 집'이라기보다 잠깐 머무는 '방' 정도로 생각을 했다. 벌레가 나와도, 어차피 얼마 가지 않아 떠나 버릴 공간이니까 괜찮다고 생각했던 거다. 하지만 직장을 다니면서 지내는 자취방도 대학을 다닐 때와의 컨디션에 큰 차이가 없었다. 나는 앞으로 수년간 이 방에서 지내야 했기에 그런 곳에 벌레가 나타난다는 건 안전하지 않다는 의미로 다가왔다.

그렇게 벌레의 습격을 받을 때마다, 부동산 중개 앱을 켜 이사 갈 만한 집들을 알아봤다.

부동산 앱에 등록된 자취방의 사진은 두 종류로 갈렸다. 하나는, 휘황찬란한 인테리어로 휘감은 채 월세가 80만 원이 넘는 방이다. 다른 하나는 50만 원이 되지 않는 월세지만, 어떻게 이런 곳에서 사람이 살 수가 있는지 내 눈을 의심하게 되는 방이다. 후자의 방에서 살고 싶은 마음은 추호도 없었고 전자의 방세를 감당할 수 있는 능력은 더더욱 없었기에, 벌레가 나오는 이 방에 만족하자고 생각하며 앱을 지우는 일을 반복하고는 했다.

방을 바꾸는 것을 포기하고 침대에 누우면, 누군가의 말마따나 세수도 하지 않은 얼굴에 선크림을 욱여 바른 듯이 붙여 놓은 벽지가 보였다. 그마저도 조금 울어 있었고 천장 구석에는 작게 곰팡이가 피어 있었다. 저번에 곰팡이를 닦아 내고 제거제를 발랐지만, 습도 조절에 신경 쓰지 않으면 곰팡이는 이내 다시금 생기곤 했다. 그 곰팡이는 내 기분에 따라 더 커진 듯 보이기도 했다. 가끔은 그 곰팡이가 천장을 다 뒤덮고 어느새 벽까지 내려와 내 방을 전부 감싸 버릴 것만 같은 불안감이 들기도 했다.

그럴 때마다 헛된 생각은 그만하자고 나를 다그쳤다. 눅눅한 방구석 때문에 땀이 조금 나면, 에어컨을 틀었다. 곧 2년간의 월세 계약이 끝나 간다는 걸 떠올렸다. 그 생각은 자연스레 집주인이 월세를 올려 달라고 하면 어떡하나, 라는 불안으로 이어졌다.

다행히도 집주인은 월세를 올려 달라고 하지 않았고 계약 연장을 하게 됐다. 이 동네에서 이 정도의 방이면 괜찮은 거라고, 마찰감이 없는 룸메이트와 함께 사는 것도 행운이라고 나를 위로했다. 그래도 나는 구청 가까이에서 살잖아. 그래도 주변에 버거킹이 있어서 원할 때는 나가서 사 먹을 수도 있잖아. 벌레는 나오지만 그래도 쥐 같은 건 나오지 않잖아. 옆방의 소음이 다 들리지만 그래도 집주인이 나를 건드리지는 않잖아. 나는 앞으로도 곰팡이 자국이 진한 벽지 아래에서 이런 껍데기 같은 위로를 계속할 것이 뻔했다.

재계약을 한 후 첫 월세를 이체하고 나서 생각했다. 집주인은 월세들이 모인 계좌를 보면 어떤 느낌일까? 가만있어도 다달이 들어오는 돈으로 무엇을 할까? 뭐, 어차피 부질없는 생각이다. 임차인은 임대인의 경제력에 대해 궁금증을 가져 봤자 도움 되는 것이라곤 전혀 없다. 그리고 그날도 여지없이 컵라면으로 끼니를 때웠다.

언제쯤 나는 월세 날에 나를 심판대에 올리지 않을 수 있을까? 돈을 많이 벌면 월세 날이 더 이상 내게 심판의 날이 아니게 될까? 전세에 살면? 그럼 난 내게 징벌을 내리지 않을까? 아니면 다른 형태의 징벌을 내릴까? 잘 모르겠다. 한 가지 확실한 건, 나는 아마 오랫동안 25일엔 굶거나 컵라면을 먹을 거 같다.

누가 대학원이 도피처래,
나한텐 취직이 도피였는데

대학원을 다니는 친구가 있다. SNS를 밥 먹듯이 하던 그는 대학원생이 되자마자 학기 중에는 실험실에 갇혀 매일 연구만 하며 살게 됐다. 특유의 감성적인 사진과 예쁜 피드 색감으로 많은 팔로워를 거느리던 그의 SNS 계정은 그가 석사 학위를 따는 동안 지속적으로 인기를 잃어 갔다. 그렇게 그는 다달이 나오는, 아주 작고 귀여운 수십만 원에 불과한 월급으로 살아갈 수밖에 없었다.

반면에 나는 회사에서 돈을 벌고 있었고 그와 가끔 만나면 밥이든 술이든 사주며 그의 생활을 물었다. 아니, 솔직히는 엄청 놀렸다. 척척 석사님과 겸상할 수 있어 영광이라며, 이런 고학력자께 싸구려 음식을 대접해 죄송하다며 놀려 댔다.

그럴 때마다 그 친구는 나의 조롱에 맞추어 적당히 반응해 주면서 분위기를 맞춰 갔다.

그 날은 연말이었고, 오랜만에 그와 만나서 술 한잔하는 날이었다. 대학원 얘기, 회사 얘기를 나누다 보니 소주병이 넷이 되고 다섯이 됐다.

"대학생 때는 빨리 취업하고 싶어서 그렇게 안달이더니. 돈 버니까 좋냐?"

술에 취해 얼굴이 빨개진 친구가 물었다.

"대학생 때는 내내 돈이 없어서 힘들고 불안했는데, 요즘은 다음 달에 또 벌면 되지 생각하니까 안정감이 드는 거 같아."

나는 말을 마치고 손에 들고 있던 술잔을 털어 넣었다. 사실 얼결에 대답한 거였다. 안정감, 내가 정말로 회사를 다니면서 안정감을 느끼고 있었을까? 솔직히 그렇다고 말할 수는 없었기에 적당히 얼버무렸다.

"그래, 안정감이 느껴지면 된 거야. 난 돈도 안 되는 연구나 하고 있지만… 그래도 더 배우고 싶고, 잘하고 싶은 걸 하면서 사니까 안정적이라고 느껴지더라. 뭐, 그래 봤자 물론 너한테 술이나 얻어먹는 처지지만."

친구는 말을 마치고 멋쩍은 듯 웃으며 남은 술을 마셨다. 술집이 닫을 시간이 되었으니 이만 헤어지고, 친구의 연구가 마무리 단계에 접어들면 또 만나기로 했다.

  술집 밖으로 나왔다. 지난주에 내린 눈이 아직 녹지 않아 세상이 거뭇거뭇 하얗게 번져 있었다. 이미 지하철 막차는 끊긴 시간이었다. 난 친구에게 택시를 불러 줄 테니 타고 가라고 했다. 친구는 괜찮다고, 버스 타고 가면 1시간 안에 도착한다고 했다. 나는 내가 풀코스로 쏘는 날이니 그냥 편하게 택시 타고 가라며 우겼다. 택시를 기다리며 친구가 미안한 듯 고맙다고 말했다.

  "코트 예쁘네. 너한테 잘 어울린다. 나도 대학원 졸업하면 돈 모아서 사야겠다!"

  낡은 패딩을 입고 있던 친구가 말했다. 코트는 내가 얼마 전 월급을 받고 나서 구매한 고가의 코트였다. 나는 뭐가 예쁘냐고, 그냥 무겁기만 하다고 말했다. 마침 예약했던 택시가 도착했고 친구를 태웠다. 친구는 택시를 타는 동안에도 오늘 하루 고마웠다고 말하며 다음엔 자기가 사겠다고 말했다.

  "척척 석사님의 풀코스 대접 기대할게요~!"

  웃으며 말하곤 그를 보냈다. 휴대폰에는 술집에서부터 친구 집까지의 예상 요금이 2만 3천 원이 나올 것이라는 알림이 왔고, 난 미리 결제를 했다. 친구와 헤어지고 나서 집으로 가는 길은 입김이 나올 정도로 추웠다. 나는 입은 코트를 더 여몄다. 휴대폰 진동이 주머니 안에서 울렸다. 내일 오전까지 급하게 처리해 달라는 업무 연락이 쌓여 있었다. 내일 오전 안에 할 수 없는 양이었다. 난 집에 도착해서, 미리 일을 해놓기 위해 노트북을 꺼냈고 요청받은 업무 리스트를 보려고 휴대폰을 켰다. 그러자 잘 들어갔다는 친구의 연락이 와 있었다.

'대학 시절 내내 불안과 우울에 슬퍼하던 놈이… 돈 버니까 좀 나아진 거 같아서 보기 좋다~ 난 잘 도착했어. 우리 각자의 길을 잘 걷다가… 나중에 웃으면서 만납시다!!'

사실, 아니었다. 나아진 게 아니었다. 난 여전히 불안했다. 회사에서는 난 그저 소모품이었다. 소모품처럼 일하고 나서 받는 월급은 내게 안정감을 가져다주지 못했다. 나는 돈이 없어도 하고 싶은 일을 해서 행복하다는 친구의 심적인 안정감이 부러웠다. 월급으로 샀던 고가의 코트 따위 사실 필요 없는 것이었다. 나는 오히려 낡은 패딩 안에서 자신이 하고 있는 일이 얼마나 재밌는지에 대해서 설명하는 그의 감정이 필요했다. 경제력 같은 물리적 안정감이 아니라, 그와 같은 심리적 안정감이 필요했다.

노트북 화면 속 업무 프로그램을 꺼버리고, 워드를 켰다. 내가 그간 써오던 소설들과 에세이들을 다시 읽었다. 책 출간 제안을 받아서 기뻐하던 내 모습이, 작은 소설 공모에 당선돼 방방 뛰던 내 모습이 떠올랐지만 내가 쓴 글은 여전히 만족스럽지 않았다. 더 많이 읽고 더 많이 쓰고 더 많이 고치고 싶었다.

업무에 관해 떠드는 회사 사람이 아니라, 글과 문학에 대해서 이야기하는 동료를 가져야만 한다는 생각이 들었다. 하지만 이런 거 직장 생활하면서도 배울 수 있는 거 아닌가, 무작정 글을 배우겠다고 나섰다가 망해 버리면 어떡하지…라는 생각도 한 켠에서 여전히 날 괴롭혔다.

대학 시절 졸업반 때, 전공 수업은 재미없다며 국문과 전공 수업을 무작정 들었던 적이 있었다. 그 수업에서 제출했던 에세이 파일을 찾아서 읽었다. 타 과생이 국문과 전공 수업을 든는다고 모두가 날 이상하게 쳐다봤었지. 맞아, 이 에세이를 제출했을 때 교수님이 말했었지. 너무 고통스러울 땐 글 쓰는 것도 아무런 의미가 없게 느껴진다고. 그럼에도, 나는 쓰는 것말고는 도저히 방법이 없더라고 생각했었지.

답답한 마음에 창문을 열었다. 그다지 춥게 느껴지지 않았다. 옷장에 걸어 놓은 코트를 봤다. 예쁘지만, 정말로 무거워 보였다.

그 후로 오랜 시간 고민을 해서 직장을 나왔고 대학원 입학을 준비하게 됐다. 지금도 꾸준히 쓰면서 공모전도 준비하고 있다. 어쩌면 난 누군가의 걱정처럼 작가가 되지 못할지도 모르겠다. 그럼에도 돈 벌 자신이 없어 대학원으로 도피하는 것 아니냐는 물음에, 아주 단호하게 말할 수 있을 거 같다. 몇 살

에는 얼마를 벌어야 한다는, 직장을 가져야 한다는 압박에 못
이겨 도피한 곳이 직장이었다고. 나에겐 도피처가 직장이었다
고 말이다.

그래. 난 아주 분명하게, 하고 싶은 일을 배우면서 최선을
다해 보는 친구를 부러워만 할 수는 없는 사람이다. 그렇게 난
어느새 내가 놀려 먹던 친구의 길을 걸어가고 있다.

대학원 진학을 준비하고 있다고 그 친구에게 메시지를 보냈
다. 지옥을 왜 제 발로 걸어 들어가냐는 답이 왔다. 잘 모르겠
다고, 그런데 내가 입은 코트가 편한지 지옥이 편한지는 그 지
옥에 들어가 봐야 아는 것 아니냐고 썼다.

답장이 왔다.

'나중에 웃으면서 만납시다!!'

앞으로 저 코트를 계속 입을 수 있을까? 아니, 그렇다고 내
가 버릴 수나 있을까? 알 수 없었다. 다만, 당분간은 입지 않
을 거라는 확신이 들 뿐이었다.

그래도 꾸준히 쓰는 것 말고는 방법이 없다

글쓰기란 무엇일까. 글을 읽는 사람도 쓰는 사람도 많아진 시대에, 전보다 더 다양한 책들이 나오고 있다. 최근에는 나보다도 어린 작가를 만나 그의 책을 읽게 됐다. 나의 또래가 책을 냈다는 게 처음엔 신기했다. 책을 쓰는 사람은 뭔가 대단해 보였고 작가의 머리엔 나 따위는 도저히 이해할 수 없을 만한 생각과 지식으로 가득 찼을 거라고 생각하고 있었다. 하지만 작가들도 나와 같은 사람이었다. 내가 나의 글쓰기 능력에 끊임없이 회의감을 느끼는 것처럼, 그들도 자신이 가진 능력을 소진한 건 아닌지 끊임없이 의심하고 불안해한다는 이야기를 들은 적 있다. 날고 긴다는 기성 작가들도 이런데, 신인이거나 나이가 많지 않은 작가들은 오죽할까. 그래서 그들의 작품은 더욱 평가절하 당하기 쉽다. 기성 작가들의 연륜과 테크니컬한 문법에 익숙한 독자들이, 노련함이 부족한 젊은 작가의 책에 만족하기가 힘들 수 있다. 그 어린 작가의 책을 읽었을 때도 비슷한 감상을 느꼈다. 어떤 부분은 과하게 추상적이어서 이해하기 힘들었으며, 어떤 부분은 너무 직접적이고 납작했다. 하지만 이내 젊은 독자가 공감할 수 있는 이야기는 젊은 작가만이 할 수 있다는 생각도 들었다.

세상의 그 어떤 글도 모두에게 울림을 줄 수는 없다. 모든 글이 꼭 답을 줘야 하는 건 아니다. 오롯이 그 나이 때 느끼는 감정과 이야기들은, 그 나이대의 작가만이 할 수 있다. 그래서 쉽게 읽히는 그런 글들이 더 반가울 때가 있다. 글이란 게 이렇게 다양한 면을 가진 것이라면, 그 글을 만들어 내는 글쓰기는 어떤 것일까. 나는 나의 글쓰기를 돌아보고 생각한다.

글을 쓰는 것은 괴로운 일이다. 나의 솔직한 마음과 감정을 다시 직면해야 한다. 다시는 쳐다보고 싶지도 않은 서사와 감정에 대해 얼마큼 솔직하게 써야 할지, 어떤 감정을 골라서 어떤 면을 보여 줘야 하는지 고민하는 과정은 고통이다. 그래서 후련하기도 하다. 표현하지 못하고 감내하기만 했던 감정을 글로 표현해 내고 나면, 어떠한 해소감이 들기도 한다. 이렇게 글쓰기라는 것은 양가적인 마음이 복합적으로 몰아닥치게 하는 행위이다. 가끔 마음이 너무 괴롭고 힘들 때는 글조차도 의미가 없게 느껴질 때가 있다. 이런 거 써봤자 뭐 하나—라는 생각이 나를 무력하게 만든다. 그러다가도 좋은 글을 보면, 나도 꼭 저런 글을 쓰는 사람이 되고 싶다는 욕망이 무력한 마음 저편에 피어나고는 한다.

글쓰기는 외로운 작업이기도 하다. 오롯이 나만의 몫이기 때문이다. 나만이 시작할 수 있고 스스로 계획을 짜야 하고 나혼자 실행해서 나 혼자 끝내야만 한다. 끝내는 게 다가 아니다. 너무 좋은 글을 써냈다고 만족했을 때가 가장 위험하다. 어쩌면 그 글은 내가 저번에 읽어서 나의 기억 속 깊은 곳에 남아 있는 누군가의 좋은 글일지도 모른다. 마치 나의 머릿속에서 제일 처음 창조해 낸 것마냥 오해하기 쉽다. 글쓰기는 그렇게 치열한 나 자신과의 전쟁과 다름이 없다.

삶이랑 치열한 육박전을 벌일 때면, 나는 외로움을 느낀다. 그리고 모순적이게도 양가적인 감정이 동시에 찾아온다. 누군가에게 의지하면서 기대고 싶다가도, 그에게 피해를 주는 하찮은 사람이 될까 싶어 나를 다그치게 된다. 나의 외로움과 나약함을 들킬까 봐 경계하면서도, 나의 마음을 알아주는 사람을 붙잡고 엉엉 울고 싶기도 하다. 너무 좋아하는 존재를 너무 좋아하기 때문에, 오히려 미워지는 때가 있는 것처럼 말이다. 나에게 글쓰기는 그런 것이다. 너무 사랑해서 너무나도 싫은 그런 것이다. 이렇게 모순은, 외로움이라는 감정에서 가장 많이 묻어 나오기 마련이다. 나는 어떤 외로움을, 전혀 들키고 싶어 하지 않지만 그것을 아주 조금씩 들키는 방식으로 이겨 내고는 한다. 글이 그렇다. 보여 주기엔 부끄럽지만, 어떤 기회를 통해 함부로 들키는 방식으로 읽혀지고 싶은, 아주 모순적인. 그래, 이렇게 본인의 마음을 부단히도 부수고 다시 조립하는 과정을 거치게 해주는 글쓰기는, 어떤 글도 쓰지 않았던 어제보다는 더 나은 사람이 된 거 같은 기분이 들게 한다.

세상에 선한 것이 더 이상은 없을 거라고 확신했던 때가 있었다. 세상은 더 이상 개선될 여지가 없으며 이렇게 엉망진창으로 살다가 죽어 버리면 그만이라는 생각에 사로잡히기도 했다. 그러면서도 갑자기 나타난 선함에 충격받고 슬퍼하는 경우가 있었다. 그리고 이내 그것이 곧 큰 위로가 되었다. 세상을 전부 등지고 나 홀로 지내겠다는 마음에, 어떠한 선한 것이 급작스레 손을 뻗어 주는 때가 있는 거다. 내가 좋아하는 작가가 이런 말을 했다.

"그땐 몰랐었다. 고통 때문에 얼떨결에 놓아 버린 정신의 파편이, 내 사람에게는 비수가 될 수도 있다는 사실을." *

*이성복, 『그 여름의 끝』, 문학과지성사, 1990, 121쪽.

그제서야 알았다. 나는 나의 감정 해소를 위해 글쓰기를 이용해 왔지만, 이제는 타인을 위해서도 글을 써야 한다는걸. 나는 이제 내가 지키고 싶은 것들을 위해 글을 써야 한다. 사람과 신념, 가치관 같은 것들. 지금껏 내게 글쓰기가 나를 지키기 위한 것이었다면, 앞으로는 내가 지키고 싶은 존재들을 위해 글을 써야만 한다.

조금씩 나이가 들어가면서 좋은 점 중에 하나는, 소중한 것이 내게 다가왔을 때 그 감사함을 온전히 느낄 수 있다는 거다. 지금보다 더 어렸다면 그 값짐을 모르고 무심히 지나쳤을지도 모른다. 그렇게 소중한 것은 다양한 형태로 붙어온다. 사랑의 모습으로, 친구의 모습으로, 기회의 모습으로, 돈의 모습으로 다가오기도 한다. 그런데 분명한 건, 소중한 것은 가장 큰 파괴와 함께 온다는 거다. 내게 준 행복만큼 혹은 그보다 더 큰 상처를 내게 안겨 준다. 괴롭고 힘들고 눈물을 흘리지만, 나의 상처로 나의 사람들을 또 상처 입히지만, 그래도 그때만큼은 행복했기에 등가교환을 했다고 스스로를 위로하는 방법뿐이 없다. 글쓰기는 그런 것이다. 나에게 행운과 행복을 안겨다 주는 소중한 것이지만 결국 그만큼 파괴를 안겨 주는 것이다. 그래. 글쓰기란, 내가 행복과 파괴감을 등가교환했음을 일러 주는 영수증 같은 것. 난 그걸 인정하고 받아들이며 익숙해지기로 했다.

그렇기에 꾸준히 쓰는 것 말고는 그 어떤 방법도 없다. 나를 위해서든 내가 지키고 싶은 것들을 위해서든 나는 써야만 한다. 주위의 평가는 참고하되 그것이 나를 전복하도록 두어서는 안 된다. 나는 괴로움과 외로움, 나를 위해, 지키고자 하는 것들을 위해 계속 써야만 한다.

올해의 젊음이 보잘것없었더라도

"아직 젊어서 좋겠다. 내가 그 나이면 지금보다 훨씬 더 잘 살 수 있을 텐데."

전 회사의 부장님은 내게 이런 말을 자주 했었다. 아직 이십 대라서 좋겠다고, 어리니까 해볼 수 있는 게 많지 않냐고. 자신이 그때로 돌아간다면 더욱 치열하게 살면서 미래를 준비할 거라고 말했다.

올해는 회사 생활을 10개월 정도 했고, 어른들이 보내는 젊음에 대한 다양한 유형의 동경을 받았다. 이런 말을 하는 사람들의 표정은 제각각이지만 눈빛은 대개 비슷하다. 내 나이 때 즈음의 자신을 돌아보는 듯한 눈빛이다. 어떤 이는 너무 일만 했기에 여행을 다녀오고 싶다고, 어떤 이는 그땐 공부만 했으니까 술 마시고 연애하며 놀고 싶다고도 말했다. 그들은 자신의 과거에 대한 회상을 마치면, 이내 너의 젊음도 얼마 남지 않았으니 잘 활용하라는 듯한 뉘앙스를 풍겼다. 하고 싶은 거 다 해보라느니, 너무 소모적으로 살지 말라느니….

안타깝게도 나보다 사회적으로 안정적인 사람들이 하는 그런 말들은, 내게 피상적으로 와닿을 수밖에 없었다. 나보다 훨씬 많은 것을 가지고 있는 저들에게, 나의 청춘이 정말로 아름다워 보일까? 돌아가고 싶을 정도로? 그런데 왜 나에게 젊음이란 불안하고 금방 시들어 버릴 것만 같은 걸까.

그건 아마 올해의 내 청춘이 그다지 아름답지 않았기 때문인 거 같다. 돈을 벌기 위해 회사 생활을 시작했지만 회사란 일만 하면 끝나는 곳이 아니었고, 월급은 푼돈이었다. 난 그 몇 푼의 월급으로 학자금을 갚아야 했다. 식비를 아끼기 위해 일주일 동안 카레만 먹거나 컵라면으로 때운 적도 있었다. 가끔 스스로의 모습이 더 마음에 들지 않는 날엔 그마저도 먹지 않고 굶기도 했다. 야근과 주말 출근도 불사해야 했다. 그럼에도 주위에서는 여전히 내가 부족하다고 평가했다. 하지만 나의 부족한 부분을 어떻게 채울 수 있을지 같이 고민해 주는 이는 없었다. 평생 회사원으로 살고 싶은 마음은 없었기에 꾸준히 글을 쓰려고 했지만 그마저도 쉽지 않았다. 일을 하고 나면 녹초가 돼서 도저히 글을 쓸 여유가 없었으니까. 연애나 노는 것도 마찬가지였다. 연애는 가벼운 불장난으로 지나갔고 놀 때도 다음 날의 업무를 위한 에너지를 위해 사려야 했다.

그러니, 비좁은 자취방에 걸린 전신 거울 속의 내 모습은 남들에 비해 보잘것없어 보였다. 난 매일 아침 일어나 그 거울을 들여다보며 내 젊음을 확인하고 일하러 나갔지만 결코 아름답다고 말할 수 없었다. 그 속에 비친 나는, 몇 푼을 벌기 위해서 매일 아침 일어나 밤까지 일하는 한 명의 사람일 뿐이었으니까. 나의 젊음을 부럽다고 했던 그들은 도대체 뭐가 부러웠던 걸까. 청춘은 어떤 모습이어야 잘 사는 걸까. 부장님이 말한 대로 일에 시간과 에너지를 다 바치는 것? 누군가의 말대로 여행을 많이 가는 것? 혹은 사랑에 깊이 빠져 보는 것? 알 수 없었다.

확실한 건, 나는 하고픈 걸 다 하고 살기에는 뒤따르는 대가를 두려워했다. 일에도 사랑에도 노는 것에도 여행에도 뒤따르는 대가들을 신경 쓰느라 무엇 하나 제대로 하지 못했다. 그러면서도 가끔은 젊음을 화려하게 보내는 이들을 부러워했다. 커리어에 최선을 다하는 모습이나, 꿈을 향해 달리는 모습이나, 화끈하게 놀러 다니는 모습을 보면, 누가 됐든 그가 대단하다고 생각했다. 난 일도 사랑도 꿈도 애매하게 하면서 젊음을 보내 버리는 사람 같았으니까.

그런데, 어쩔 수가 없다. 나의 이런 모습이 가치 없다고 생각하면 안 된다. 난 나의 젊음을 나만의 방식으로 보내고 있다고 믿어야만 한다. 해보고 싶은 건 다 해보면서 사는 것이 아름다운 젊음이라면, 아름답지 않아도 괜찮을 거 같다. 누군가가, 제대로 한 것 하나 없이 애매한 청춘을 보낸 나의 젊음이 보잘것없다고 말한다면, 뭐 어쩔 수 없다. 난 내가 누릴 수 있을 만큼의 젊음만을 누리고 있는 거니까.

내게 주어진 젊음이 얼마나 남았는지는 모르겠다. 하지만 얼마나 남았는지 보다 내가 스스로를 위해 애썼던 젊은 날을 기억하기로 한다. 그래. 올해의 내 젊음이 누군가의 젊음에 비해 보잘것없어 보여도, 크게 아파하지 말자. 어쩔 수 없다. 난 나의 젊음을 내 방식대로 보내고 있는 거니까. 그냥 그렇게 생각하는 게 나를 위한 최선인 것 같다.

작가의 말

작가의 말을 어떻게 써야 멋들어질까 한참을 고민하다가, 좋아하는 작가들의 책을 뒤져 작가의 말을 읽어 보았습니다.

음… 이 작가는 화려한 수식을 붙였지만 문장이 전혀 느끼하지 않군, 역시 이 작가는 지식인답게 어려운 말들을 잔뜩 적어 놨네. 뭐야, 이 작가는 세 줄만 적었는데도 분위기가 장난 아니잖아? 책을 자주 내다 보니 이제 작가의 말에 공을 들일 필요도 없나 보군.

스무 권은 더 뒤져서 읽었지만, 아직도 감이 잡히지 않습니다. 오히려 더 머리가 복잡해지네요. 하지만 업무에 허덕여 모니터를 뚫어지게 보던, 마케팅 지표 차트를 보던 때보다는 훨씬 재밌습니다. 생각해 보면, 숫자는 꼭 필요한 것이었지만 당시의 내가 원하던 건 아니었던 거 같아요.

막연하게 옳은 일을 하고 있는데, 아주 분명하게 틀린 길을 가고 있다고 생각한 적이 있습니다. 이룰 수도 있었던 꿈들을 접어놓은 채, 남들이 다 하는 일들을 했다는 뜻이지요. 이 책은 옳은 일을 하지만 틀린 길을 갔던 스스로에 대한 자책, 그리고 다시 틀린 일을 하지만 옳은 길로 돌아가는 과정이 쓰여진 책이라 말할 수 있을 거 같습니다. 남들이 봤을 때 옳은 일과 틀린 일은 있겠으나, 옳은 길이고 틀린 길이고는 나만이 아는 거 같습니다. 그리고 난 지금 아주 확실하게 틀린 일을, 하지만 아주 명확하게 옳은 길을 가고 있다고 믿습니다. 열심히 글을 쓸수록 아주 확실하게도 내 삶을 망쳐 가고 있다는 생각을 했었거든요. 그렇지만 스무 살, 아니 청소년 때부터 꾸준히 스스로 망쳐 왔다면, 그렇게 망가지는 것이 오히려 내가 가야할 길 아닌가- 하는 생각이 떠나질 않습니다.

내가 걷는 과정에 함께 해주었던 사람들에 대해 글을 쓰고 싶었습니다. 하지만 필력이 부족해 그러지 못했으니, 이렇게 작가의 말에 적어 두겠습니다.

먼저 우리 가족에게 고맙다는 말을 하고 싶어요. 엄마와 아빠, 세 누나와 두 매형, 그리고 사랑스럽다는 언어의 밀도가 부족하다고 느껴질 정도로 사랑스러운 나의 조카 용하, 유하, 시윤이까지. 모두 사랑하고 고맙습니다. 걱정 안 시키고 어떻게든 잘 먹고 잘 살아 보겠다는 말을 이렇게 전합니다. 이쯤 되니 대국민 오디션에서 1등이라도 한 참가자라도 된 마냥, 소감을 읊는 거 같네요. 이왕 이렇게 된 거 좋아하는 사람 전부 다 써보겠습니다.

언제나 그 자리에 그대로 있어 줘서 고마운 민우 형, 스무 살 때부터 남다른 길을 가는 나를 항상 응원해 주는 지은과 진영과 예진, 내 글의 주인공이 되어 준 형준이 형, 나만의 지혈제 지수, 같은 매를 맞고 자란 지영과 선아 누나와 해리와 이슬과 진수, 나의 글을 진심으로 읽어 주는 경민, 실명 싣는 것을 허락해 준 전/현 룸메이트인 주성과 준형. 항상 고맙고, 여러분 덕분에 힘을 잃지 않고 글을 쓸 수 있었어요. 당신들을 도저히 무어라 정의할 수 없어서, 이 시절 속 당신들을 이렇게만 적어 놓습니다. 다들 책 한 권씩 사서 나와 술 마실 준비를 하길 바랍니다.

그래, 생각해 보면 결국 사람을 위해 썼다는 것이 맞네요. 계속 글을 쓰고 싶게 만들어 준 이들에게, 늘 그렇듯 앞으로도 나를 견디며 살아 주기를 부탁한다는 말을 전합니다.

그리고 오직 글만 보고 제게 출간의 기회를 주신 강한별 출판사 대표님과 더불어 편집자님 및 직원분들께도 정말 감사하다는 말씀 꼭 드리고 싶습니다. 애써 주셔서 감사드립니다. 덕분에 얻은 작가라는 타이틀이 창피하지 않도록, 글과 책에 마음을 담아 꾸준히 쓰겠습니다. 용기 내겠습니다.

잘 알고 있습니다. 이 책이 나왔다고 해서, 저의 인생은 변화가 없을 것입니다. 많은 책 중에 하나일 테니까요. 하지만 그런대로 괜찮습니다. 큰 기대감은 언제나 내쳐진다는 실망감을 불러왔으니, 너무 들뜨지 말아야지- 하며 나를 잘 눌러놓았습니다. 이 책이 서점 한구석에 놓인다고 해도, 나는 여전히 나의 인생을 시시하게 살아갈 것입니다. 그래도… 내가 쓰고 고치고 생각했던 그 시간은 내 안에 그대로 있을 거라고 생각하니 좀 낫습니다. 책을 쓰는 시절 속에서 정말 행복했거든요. 글 쓰며 얻은 거북목부터 왼쪽 손목의 터널증후군 같은 육체적 질병은, 느껴 보지 못했던 감정들을 느낀 대가라고 생각하겠습니다.

시절이 끝나는 것을 견디고, 다른 시절을 용기 있게 맞닥뜨리는 게 어른이겠죠. 덕분에 넘치는 시절을 즐겼으니, 이제 다시 제자리로 돌아가겠습니다. 이 책이, 시절을 견디는 독자들께 읽는 동안 잔잔한 피난처가 됐다면, 더욱 바랄 게 없겠습니다. 우리 함께, 이제 제자리로 돌아갑시다.

2021년 5월에, 전강산.

오늘은 감당하기 어렵고
내일은 다가올까 두렵고

초판 1쇄 인쇄 2021년 5월 13일
초판 1쇄 발행 2021년 5월 20일

지은이 전강산
펴낸이 김동혁
펴낸곳 강한별 출판사

책임편집 김경은 **디자인** 방하림
일러스트 박지영 **기획팀** 안서령

출판등록 2019년 8월 19일 제406-2019-000089호
주소 경기도 파주시 탄현면 헤이리마을길 21-7, 3층
대표전화 010-7566-1768 **팩스** 031-8048-4817
이메일 good1768@naver.com

ISBN 979-11-974725-0-3 (03810)
· 책 값은 뒤표지에 있습니다.
· 파본 도서는 구입하신 서점에서 교환해드립니다.
· 이 책의 일부 또는 전부를 재사용하려면
  반드시 강한별 출판사의 동의를 얻어야 합니다.